不立约

李泽贵 / 著

中国出版集团
现代出版社

图书在版编目（CIP）数据

不约之约/李泽贵著. --北京：现代出版社，2017.9（2024.1重印）
ISBN 978-7-5143-6448-4

Ⅰ．①不… Ⅱ．①李… Ⅲ．①小小说－小说集－中国
－当代Ⅳ．①I247.82

中国版本图书馆CIP数据核字（2017）第210061号

不约之约

作　　者	李泽贵	
责任编辑	杨学庆	
出版发行	现代出版社	
地　　址	北京市安定门外安华里504号	
邮政编码	100011	
电　　话	010-64267325 010-64245264（兼传真）	
网　　址	www.1980xd.com	
电子邮箱	xiandai@vip.sina.com	
印　　刷	北京佳信达欣艺术印刷有限公司	
开　　本	710×1000　　1/16	
印　　张	17	
字　　数	230千	
版　　次	2017年9月第1版　2024年1月第3次印刷	
书　　号	ISBN 978-7-5143-6448-4	
定　　价	59.80元	

从充满激情到逐步淡定

（自序）

十多年前，我无形中走上了创作之路。经过一年多的磨砺，创作的豪情满怀让我浮想联翩：

我想让文章在报纸杂志上遍地开花。于是 2002—2003 年，我的文章陆续登上了全国省级以上纯文学期刊。登一期，我就请朋友们撮一顿，那酒喝得爽口醉心。

我想用文章提高自己的知名度。于是日夜不停地创作创作再创作，终于有人说，嘿，真不知道你还有点文学细胞。听到这话，我从内心有一种说不出的满足感。

我想通过文学结识更多的朋友。于是只要是有爱好文学的朋友，我都和他们热情交往；只要是有关文学创作的活动，我都积极参与。还真不枉费心思，有文学爱好者主动上门来找我，有的还给我写信了。

我想借文学挣到更多的稿酬。于是拿着一张几百元的稿酬单，正看反看，舍不得到邮局去取出来。尽管那些稿酬微不足道，但足以让我像中了五百万彩票一样去勾画一幅幅美妙的蓝图……

这一切的浮想仅持续了两三年时间便如烟飘散。从 2004 年开始，我基本上放下了激情创作的笔，从梦想回到了现实。

在整理这本册子的过程中，我感到了难以言表的陌生。绝大多数文章都已是陈年旧货，有的只记得标题，内容却一点印象都没有了。重读有的篇章，不是皱眉就是想捂着嘴笑，看到其中的文字，我都有点不相信当时是怎么把它们拼到一块儿的……我欣慰，但更多的是愧疚，因为把它们搁置得太久了，把创作放弃得太久了。

在创作的路上，我觉得自己是一名懦弱者和失败者，因为在攀登高峰的时候，我选择了退缩和放弃。因此，我起初想把书名定为《失败是美好的》（载《通俗小说报》2002年第12期，天津市作协主办），但是觉得这样太灰暗、太低沉；接着考虑把书名定为《旱灾》（载《百花园》2002年第10期，郑州市文联主办），又觉得有点消极和负面；后选择用《和总裁赌一把》（载《短小说》2007年第11期，江苏淮安市文联办），想以此来表达一下个人的决心和豪气；最后琢磨来琢磨去，始终未发现有哪一个闪光点可以用来作为定位。所以，我就把能给人留点想象空间的《不约之约》（载《荆门日报》2007年7月31日副刊）作为书名，看能不能增加些引起阅读兴趣的东西。

十年如昨。搭上文学创作这趟车，让我感到幸运的是有一帮带我上路并对我寄予厚望的老师和朋友。我没有理由泯灭激情，甘于暗淡，消极颓废，投笔弃文，不然，情何以堪。

从充满激情到逐步淡定，我走了过来。集结这些文字，既是个人小结，也是新的起点。诚望朋友们当褒则褒，该贬则贬，也许您的鼓励会给我更大的动力，也许您的建议会让我达到又一个新的高度！

（写于2011年9月，修改于2016年12月）

目 录

CONTENTS

鸟 空

时间在苍穹中擦拭记忆，便有星星点点的记忆如碎片般散落。

但每片记忆都会浸润在时间的长河，似鸟般扑闪着翅膀，飞翔——

麻 雀

小的时候，家里的房前屋后，麻雀随形即现。那叽叽喳喳的声音和飞来飞去的影子，总让人有点心烦意乱，因为麻雀在人们心中着实不是什么好鸟。

麻雀虽然吃虫子，但让人最不能容忍的还是麻雀以谷物为食。在那个全民饥荒的年代，与人争食必将与人为敌。

早晨起来，父母把刚收的粮食铺到门前的禾场后，叮嘱我，你就在门前看书，顺便赶一下麻雀，别让麻雀把粮食给吃了。

父母上工去了，我就坐在门前看书，时不时抬头看看禾场上有没有麻雀啄食。我深知家里经常吃的是清汤寡水的麦米粥、南瓜粥、红薯粥之类的主食，要吃顿白米饭完全是一种奢侈的享受。我也深知麻雀啄一粒，家里人就会少食一粒的道理，所以我在照看禾场时也特别专注和细心。

和我一样在家照看禾场的还有我们家隔壁的麻婆。麻婆五十多岁，因为一脸的雀斑，人们都叫她麻婆，也可能是因为她身体不太好，我们很少看到她下地干活。我们也很少接近麻婆，大概很多小朋友的父母都和我父母说的一样，麻婆之所以满脸的雀斑，是因为麻婆喜欢麻雀，自然就把雀斑从麻雀身上过到自己脸上来了。于是，我们就更加厌恶麻雀，也不敢接近麻婆，生怕麻婆把从麻雀身上过上的雀斑再过到了自己脸上。

在照看禾场的时候，一有麻雀来，我就把它们赶走，飞走的麻雀就径直到麻婆照看的禾场上去了，但麻婆赶麻雀的频率似乎不太高，只是时而轻声吆喝一下。于是，我感觉麻婆并不像很多人那样憎恨麻雀。

正当我放下书，起身懒洋洋地打了个哈欠，准备去赶在禾场上啄食的麻雀时，我看见几个小伙伴拿着自制的弹弓，猫着腰，脚步轻轻地，准备朝麻雀发射如导弹般的石子。随着我下意识地一声吆喝，麻雀飞了，几个小伙伴也直起腰，嘴里还有点儿不干不净：老子瞄得好好的，就你把老子的事给坏了。

其实，我根本就没在意他们。于是，我笑了笑，说："你看麻婆那儿，多得很。"几个小伙伴也没和我计较，继续猫着腰，蹑手蹑脚，朝麻婆的禾场移动。

在麻婆家门前，一群麻雀在树上飞来跳去，还有的飞到禾场上任意啄食着晾晒的麦粒。可麻婆就坐在禾场边，好像什么也没看见似的。但仔细一观察，就发现麻婆的眼睛睁得大大的，时而看麻雀啄食，仿佛欣赏着麻雀啄食的优美姿态，时而看麻雀在树上跳来跳去，仿佛陶醉在麻雀欢快的跳跃之中。

小伙伴们蛰伏在麻婆的屋旁，把弹弓的弦拉得满满的，瞄准麻婆禾场上和树枝上的麻雀，一、二、三，子弹齐发！

"小兔崽子，谁让你们到这里来打麻雀的？"只见麻婆突然从禾场边的椅子上站起来，随手握着一根木棍就朝小伙伴们追过来。

小伙伴们拔腿四散。

麻婆对麻雀的态度，让我琢磨了好多年好多年。后来，从读书到参加工作，我在家的时间很少了，特别是在父母随我们一起生活后，老家的房子就空着了。除了每年春节去给麻婆拜个年，这样的童趣也基本上淡忘了。

前几年，得到麻婆去世的消息后，我陪父亲回去为麻婆送行。一路上，父亲总在念叨着从小麻婆对他的好，说在那个谁都为吃饭奔忙的年代，麻婆把自己家的粮食匀给他们一帮小孩子吃。我在父亲的念叨中感受到了麻婆的善良。在为麻婆烧了三炷香，沉沉地磕头后，父亲说："走，到旁边老屋去看看。"

老屋已经破败不堪了，屋前屋后杂草丛生。只是原来的小树已经长高长大，巨大的树冠几乎掩蔽了老屋。

这里除了树的绿色，好像没有多少生机。当我和父亲走近老屋的时候，我们听到了叽叽喳喳的鸟叫声。我说："大，您看那里还有麻雀！"

"好多年没见着麻雀了。你麻婆走了，她可是最爱麻雀的！"父亲发着感慨。顿了会儿，父亲又说："我们都离开这里好多年了，可麻雀还在。"

我看了看父亲，正想说话，但见父亲加快脚步，朝屋后走去。我跟在父亲身后，仿佛听到屋后传来此起彼伏的叽喳弦音……

于是，我似乎有了那么一点儿思绪：人走屋空，在这里跳跃的生命，依然是已仙逝的麻婆最喜欢的小麻雀！

老　鸹

在我们老家，老鸹就是乌鸦。

"老鸹头上过，非灾即是祸。"从千百条的俗语中，我们总能随口道出的都是老鸹悲悯的、恐怖的、凶煞的模样。

那个时候，我们村子里总能听到老鸹的叫声。

有一年，我姑父得了一种怪病，浑身不疼不痒，就是整个儿脊梁变形弯曲，腰直不起来了，姑妈陪着姑父去了好几趟医院，却连个病因都没有查出来。卧床好几个月后，姑父就只能弓着身子走路了。那时四十多岁的姑父可是家里的主要劳力呀！为了姑父的病，姑妈到处去求神拜佛。有一次，为了求到佛水，姑妈走了一夜的路，到邻县南边的山脚下接了两瓶"神水"，据说这种水治好了很多怪病。可姑父喝了，依然没见好转。于是，姑妈就去找"神仙"，烧纸钱，敬高香，还按"神仙"的要求，专门烧一大桌子菜，放在堂屋中间，摆好碗筷和酒杯，供"缠身鬼"享用。姑妈这样做，为的是"以善驱鬼"。

一切都无济于事。

姑妈又去找"神仙"。"神仙"问姑妈："你家附近是不是时常有老鸹叫？"当得到姑妈肯定的回答后，"神仙"说："你得想办法让老鸹不再叫，鬼就不会缠着你当家的，你当家的病自然就好了。"

按照"神仙"的指点，我姑妈就每天在屋前屋后不停地烧纸钱，敬高香，磕头作揖，渴望着不再传来老鸹的叫声。

老鸹没赶走，让姑妈悲痛欲绝的事却再次发生了。

我姑妈生了四个孩子，老大兵儿是唯一的男孩。由于姑父不能干重活了，20世纪80年代初，兵儿只读了小学就在家担起了主要劳力。

那年，兵儿大概十六岁。一天傍晚，兵儿出工回来，看到姑妈又在跪拜，就说："妈，您就别信了，河边的老鸹叫，大伙儿都听到了，它要叫就叫呗，关咱们家屁事！"

不巧，兵儿的话被姑父听到了，弓着身子的姑父从屋里一出来就是一通言语激烈的臭骂："你个乌鸦嘴，你是不是巴不得老子早点死？"兵儿一时气上心头，回到房里喝了一瓶农药，结束了自己年轻的生命。

姑妈哭得死去活来。安葬兵儿的时候，姑妈歇斯底里地吼："可恶的老鸹鬼啊，咱家作什么孽了啊?!"

但老鸹的叫声并没有因姑妈的哭号和祈求而停止。

为了传宗接代，姑妈怀孕了，想再生个儿子。偏偏老鸹还是在村子里"刮刮刮"地叫。姑妈又去找"神仙","神仙"让姑妈把孩子刮了，但这次姑妈倔着把孩子生下来了，令姑妈失望的是，生的又是一个丫头。

从此，姑妈仿佛变了个人，除了拼命出工，就是倒床便睡，很少说话。四个女儿出嫁后到城里去打工，先后成家立业，在城里买了房子、车子，条件都还不错。特别是最小的那个丫头，开了一家公司，当上了总经理。她还专门把姑父接到城里进行一次全面检查，想搞清楚姑父的身子到底是怎么直不起来的，专家说，这是一种很少见的脊椎病，可因为时间太长，姑父的年纪又大，没必要进行手术，好好照顾就行了。

四个女儿多次要把姑父和姑妈接到城里去，可姑妈的理由简单得让人诧异，在你们城里，我听不到老鸹的叫声！

这理由简直让女儿们不可理解。小丫头就说："妈，我听姐姐们说，爸生病的时候，您想把老鸹赶走；哥走的时候，您想把老鸹赶走；您不是厌恶了老鸹的叫声，几十年都想把它们赶走吗？既然它们不走，那您就跟我们走吧，离开这儿，您就听不到老鸹的叫声了。"

姑妈长长地叹了口气，说："孩子，当不幸在咱们家发生的时候，老鸹的每一声叫声，都好像是在要妈的命，妈也恨不得把该死的老鸹鬼赶得无影无踪，但妈赶了几十年，老鸹就叫了几十年。妈真的很无奈，但有一次，当妈收夜工回来，打着手电筒去外面搬柴火，突然一只黑色的影子不停地在草垛上扑闪着翅膀，妈借着微弱的灯光隐约看到了老鸹的身影。妈当时浑身发颤，但妈还是愤怒地壮着胆子，找到了草垛里的老鸹，伸手狠狠地把它抓住了。老鸹不停地叫着，一声不停。妈狠狠地准备把老鸹摔到地上，可不知怎么手一松，老鸹飞了，老鸹在空中转了个圈，又飞到了草垛里。妈就拿来一根棍子去捅那个老鸹窝，又一个黑影从窝里滚了出来。妈走近了，用电筒一照，分明看到另一只年迈的老鸹躺在地上，嘴里还含着一只虫子⋯⋯"

姑妈说到这里的时候，眼眶湿润了。

姑妈接着说："你们几个女儿都大了，也很孝顺，我们已经很知足了！妈知道，妈就是个老鸹命啊！"

小丫头听着姑妈讲完故事，若有所思——

最后，我想在这里作个注脚：其实，姑妈讲的就是"乌鸦反哺"的故事——养老、敬老，老鸹是动物界的楷模！

但姑妈去世前的遗言又让我的注脚显得有点儿模糊。姑妈临终前断断续续说的意思是，宁可自己听老鸹叫背灾背祸，也不能让儿女们受伤难过！

了　空

麻雀和老鸹的故事，悲沉而又辛酸。

放空飞翔的记忆，在洁白如纸的脑海里，一个简单而又重复的故事凸显：从前，门前有座山，山上有座庙，庙里有个和尚……

在寺庙前的古树上，有一群鸟儿在叽喳嬉闹。爸爸问小孩，"树上有十只鸟，要是一枪打下了一只，还剩下几只？"

"九只。"小孩得意地望着爸爸。

爸爸摇了摇头。

"没有了，剩下的全飞走了，这次对了吧？"小孩恳切地望着爸爸。

爸爸又摇了摇头。

"一只死鸟，其他的飞走了？"小孩迷惑地望着爸爸。

爸爸依然摇了摇头。

"十只，一只死鸟加九只活鸟。"小孩答完，拉着爸爸的手慢慢地摇，"爸，您说对不对嘛？"

还没等爸爸说话，一位老和尚站在了爸爸身边，"阿弥陀佛，这位施主，请别为难小施主了！"

写到这，我长长地叹了口气，随手翻开正在读的《星云禅语》，恰好看到了标题"空　能容乃大"，文中最后一段文字是这样写的："'空'究竟是什么？简要地说，'空'就是阿弥陀佛。平常三宝弟子嘴边常念'阿弥陀佛'，一句阿弥陀佛可以代表一切言辞（同情、关心、慈悲、感谢……），空亦如此，空能包容一切：袋子空了能装东西，肚子空了能进食物，心灵空了能容真理……'真空不碍妙有，妙有不碍真空'。愿大家以般若智慧，善体空有不碍的无限妙用。"

　　读完，闭目俯首，双手合掌，心中默念："鸟空，了空，阿弥陀佛！"

旱　灾

太阳收敛了火光，沉下西山。木石村的夜平静下来。禾场上，狗伸出鲜红的舌头安静地躺在地上喘着粗气。

支书木柱坐在石碾上大口大口地吸着烟，直到烧着了指头才狠狠地将烟头甩在地上，猛踩一脚："娘的，还有啥指望？"木柱一边骂一边喊，"芹菜，快去把小葱给我叫来。"

"你自己没长脚？"木柱女人提着裤子从里屋出来，发着牢骚。

"叫你去你就去，咋恁多废话？我去找蒜头叔。"木柱说着起身就走。

这年的鬼天气确实让人着急，一百多个太阳，一百多个月亮轮番地升起、跌落，不来风，不来云，也不来一滴雨。正是秧苗扬花灌浆的时候，可稻田已被烤得裂开了大大的缝口，秧苗的叶儿发黄了，杆儿都开始蔫了。

地焦渴，人更焦渴。

木柱当然不能眼睁睁地看着一村的秧苗就这么完了。于是，他就想把村主任小葱和村会计蒜头叔找来商量一下办法。

"所有的塘堰都干了，该想的办法都想了。昨天，我让农户将塘堰的底水都舀到了水缸里，不让这鬼天气给蒸发掉。要是再有几天不下雨，恐怕连人都没水喝了。"会计蒜头叔刚坐下来就向支书木柱介绍情况。

"听过天气预报没有？"

"听过，好像有雨，但不是我们这地方，我们这里呀，不知得罪了哪路神仙，今儿、明儿、后天报的都是晴天。组织劳力掘井，掘了二三十米，就是不出水。去请人打机井，俏着呢，不给现钱，人家不来。"蒜头叔显得很无奈。

木柱又燃了支烟，吧嗒吧嗒抽几口，看着村主任小葱，"乡里的救灾款来了没有？"

"不知跑多少趟了，总说派人来调查，可就是不来。"

"你到乡里咋说的？"

"最近两次是这样说的，木石村因遭遇百年大旱，全村两千多亩水田全部受旱，已有近九成的秧苗枯黄，请求紧急解决救灾资金。乡里说，有那么严重？得调查调查再说。过了一个星期，眼看一点动静也没有，我又到乡里说全村稻田绝收，人畜饮水困难，如果再不给予支持，必将造成人畜死亡的后果。"

"乡里又是咋说的？"

"乡里指示，要下最大决心、千方百计搞好生产自救，绝不能让一个人饿死，绝不能让一头牲畜倒下，如果出了问题，要追究主要领导的责任，但反映的情况得按规定调查。他们还说，现在六条腿的王八不好找，说假话的干部有的是，一定要在摸清情况后再拨款，一定要保证每一笔钱都用在刀刃上！"村主任小葱如实地说着情况。

木柱低着头，只顾一口接一口地吸烟。

过了一会儿，木柱突然抬起头，说："小葱，拿笔来，照我说的写。"

写完，小葱和蒜头叔露出十分诧异的表情，说："这——这不是颠倒黑白吗？"

木柱把烟头往地上一掷，踩上一脚，坚定地说："寄，明儿赶早寄出去。"

三天后，木石村有了狗吠声，乡里的调查组进了村。原来一篇《乡政府支援又扶助　大旱年可望获丰收》的文章摆在了县领导的案头，县领导批示乡领导，尽快将乡政府援助木石村抗灾夺丰收的先进事迹整理出来上报。

调查组的同志在深入田间地头，走访座谈农户，扎扎实实进行调查后，非常清楚地掌握了情况。临走时，甩下一句话，将如此大的灾情报成丰收，这样弄虚作假，以忧报喜，欺骗上级的干部一定要作为典型严肃处理！

调查组走后的第二天，救灾款来了，顺便来的还有一份撤职文件。

木 根

木根憨厚。人们说他用杠子都夯不出半个屁来。

村里调整责任田，村主任召集大伙儿开会。村主任说："这次责任田调整，离湾子近点的就照顾给家里娘儿们死了丈夫、缺主要劳力的，离湾子远点的就交给年轻人吧。大伙儿都说说。"

大伙儿你一言，我一语。离湾子近的，自然多些方便，省下体力不说，就是种个其他什么作物也好有个照应，不愿动；离湾子不近不远的，又怕分到更远的地方去，都说就算吃点亏也不想动。全村就数木枝家的田最远。木枝是村里最年轻的寡妇，前年她丈夫病死时花去了几万元的医药费，家里值钱的东西都卖了，只剩下一幢土坯房和两个鼻涕咚咚的孩子没卖。于是，木枝站起来说："村主任，我家男人都走几年了，您就帮帮忙，把我那块动一动，要不我可真受不了啰。"木枝说完便坐了下去。不知是哪个缺德的答腔："没人动，找村主任，你可别用美人计哦。"一句话说得大伙儿哄然大笑。木根没笑。因为木根都三十好几的人了，还是个单身汉。

村主任没辙，只好宣布先散会。

大伙儿都走了，木根却还坐在那儿。村主任问木根："木根，咋啦？"木根用他粗大的手挠挠头，"村主任，我……我家的田近。"

这样，木根的一半田就换给了木枝。

打那后，木根犁田、耙田、播种、打药总是把木枝的那块田一起干了。木枝说："木根，你咋就把我的地也给弄了呢？"木根只是嘿嘿地笑。

麦子收割的时候，木根一天一晚就将他和木枝那块地里的麦秆儿全放倒了。第二天，木根就抱着麦秆，木枝拿起草绳捆。日头像火一样，木枝不停地喝水。木枝被尿憋得急了，走了几步，解开裤腰带便在麦堆旁蹲下去。木根瞥一眼，正好碰着了木枝那闪闪发光的眼睛，木根嘿嘿地笑，木枝眨巴着眼睛也扑哧扑哧地笑。木枝边笑还嗔，"木根，木根，你……"木根愣在那儿，没动。

木根打算把麦子都卖了，这几天村里收提留。木根想，木枝家里没男人，就一块拉去算了。

刚到木枝家门口，就看见有人正把木枝往房里拉。木根紧赶几步，看见村主任满脸酡红，笑眯眯地拉着木枝，说："木枝，你可得知好歹哟，田是我帮你调的，你不报……报答我？"木枝犟着往外扯，"村主任，别这样，那田可是人家木根自愿换的。"村主任沉下脸硬拽着木枝说："木根，木根算什么东西，憨……憨头一个。只要你听咱的话，这提留就免……免了。"木枝的声音大了，"村主任，您再动，我可就要喊了。"村主任怒了，狠狠地抱着木枝，"你喊，你……你喊吧，谁敢来，我就抓……抓谁，要不……我就不当这个村主任了。"

这时，木根的一只大手抓起村主任，像老鹰抓小鸡。村主任指着木根，眼睛瞪得牛铃大，"我日，敢管老子的闲事，看老子怎么……怎么收拾你。"木根嘿嘿地笑笑，摔了村主任一个狗吃屎，一脚踩在村主任的背上，村主任"哇"的一声，吐出一口秽物。

木根被派出所"请"去时，村主任陪着。

木根回来时，在村头嘿嘿地笑。村主任却没有回来。

木根的婚事

　　木根快三十岁了，仍是古庙前的旗杆——光棍一条。谁给木根说媳妇，就像往死人身上贴膏药——没用。于是有人戏谑木根，娶不上媳妇干脆出家当和尚算球。

　　其实，不是木根娶不了媳妇，而是木根太老实，和人家姑娘一接触就给弄吹了。就说近两次吧，一次媒人把木根带到女方家，人家兄弟姐妹表兄表妹的一大家子都帮忙相亲，人家提房子呀、彩礼呀什么的，木根像木头似的，连哼都没哼一声，最后只冲人家一大家子嘿嘿地笑了几下，便自个儿走了，害得人家都怪媒人把一个哑巴带到家里来相亲。还有一次，木根都和人家姑娘来来去去的好几次了，收麦的时候，木根去姑娘家帮忙，姑娘问木根："你喜欢谁？"木根回答："干活。"姑娘又问他："你对谁好？"木根脱口而出："俺娘。"姑娘觉得木根实在，笑着就直说："你说咱们的事咋办？""都成。"木根就这样干瘪瘪地回答着，姑娘不问话，他也没词，闹得人家姑娘说他呆头呆脑的，硬把这门亲给退了。

　　时间久了，就没人给木根说媒相亲了。

　　木巧和木根是小学到初中的同学，木巧从外地打工回来的时候，就显得与湾子里的姑娘不同。一说起外面的世界就滔滔不绝地侃个一会半晌的，似乎就她知道别人都不知道的事儿。谁也不知道木巧在外面做啥事，有人猜测，一个姑娘在外面能干什么，还不是傍傍男人弄弄骚，把自己给卖了，再回来找个老实人过日子。

可木巧回来后，不管别人怎么说，还毫不避忌地说："木根这样的老实人，就是我出嫁的标准。"

这就像抛出了个红绣球。可话传到木根耳里，木根嘿嘿几下后又敛住，吞吞吐吐几个字，"我可不愿……"木根嘴里虽这么说，但心里有股子无名的躁动，说这话时脸憋得红红的。

木根去帮木巧家盖楼房，据说是木巧拿出好几万块钱来给爹娘盖的。人家问木巧："你咋来的这么多钱？""赚的呗。"木巧说话时还有点儿嗲。"靠什么赚？""本事呗。人家城里人说了，十万元是贫困户，百万元才起步的哪。"木巧的话让大伙儿都翻白眼，木巧对木根说："木根，你咋就恁老实，这种地能给你种出金子，种出楼房呀，敢情你明日跟我出去，保准你发。"

木根听了，嘿嘿地笑。

快完工的时候，木根去喝完工酒。酒过三巡，木巧到席上敬酒时问木根："木根，什么时候娶媳妇让我们喝喝喜酒？"木根老实，闷着头直喝得晕了，舌头也不太利索，"喝……喝喜酒，今个儿喝……喝喜酒，谁喝喜酒俺跟谁……喝。"木根醉了，伏在桌上，嘴里不知嘟囔着什么。

木巧搀着木根在月光下回家。木根嘴里不断地说出了声："打……工，挣钱……楼……房，你凭……凭什么？"

木巧一下子听出了木根的意思，气得嘴直发颤腿哆嗦："木根，连你也不相信我，咱们女儿家就不能发干净财？你……"

突然一阵狗吠，木巧一个趔趄跌倒了，木根压在了木巧身上，木根的酒醒了一半。

门开了，一道亮光顺着门的吱呀声照射出来。木根爹娘分明看见木根和木巧嘴亲着嘴，呢喃着。

木根家的狗又是一阵狂吠。

木根的女人

　　木根憨，但还算有福气。木根娶了个虽不算俊俏，但一咂嘴就有股甜味，一笑就有阵浪味的女人。

　　刚结婚那年，有人问木根，你女人啥滋味？木根望着人家傻傻地笑，什么也不说。直到添了孩子，木根的女人总是兜着个腴肥腴肥的大奶子往小娃崽嘴里挤，便有人直个把眼睛瞪得灯泡似的，腿像木桩。

　　木根的女人大多数时间在家里悠着，地里的活大多由木根包揽。木根白天干活机器般，从早到晚，从不停歇，就是再困顿，第二天一早，仍旧是红光满面，挺精神。便又有人问木根，你咋就有使不完的劲呢？木根仍旧是傻傻地笑，问我女人。

　　镇上在村里投资建种猪场，木根家的地被划了一部分出去。木根的女人就被安排到了种猪场当饲养员。

　　没过多久，就听说场长直夸木根的女人，这女人真有办法，看她把那些猪们调教的，真有一套。也有人对木根说，木根呀，你女人整天看那些乌七八糟的事儿，咋就不觉着点羞？

　　听着这些，木根心里沉甸甸的，脸上傻傻的笑有点苦。

　　木根不放心女人，就去找女人。刚进场门，就听见有人吆喝，配种找谁？

就听见木根女人清脆响亮的回答，找我，马上就来，马上就来。这回答顿时引来了一阵笑声。

木根的脸上火辣辣的。木根没去找女人。木根的心里就像穿着一支箭，直痛。

木根想让女人别到那儿上班，但又没法说服女人。晚上钻进被窝，木根抚着女人的奶子，支支吾吾地说，你说那些猪们光天化日之下竟……女人知道他要说什么，背过身去，轻吼，木根呀木根，你是人还是畜牲？木根紧紧地搂着女人，我是怕你……怕你变坏。说完，木根翻身将女人压在身下，猛猛地撞击着。女人眼里满是泪水。

年底，木根的女人被镇里授予"全镇生猪行业配种能手"的光荣称号，并获得了奖金和证书。不久，木根的女人又被提拔成了种猪场的场长。

家里的活仍由木根揽着，木根的心里慢慢觉着女人的进步就是自己的一点点荣光。不管别人怎么说，木根相信女人是自己的。

当上了场长后的木根的女人自然多了些应酬，因为她不仅是场长，而且还是全镇的名人。这委那办的，这站那所的头头脑脑们都要到这里来检查工作。在视察完工作后总要交杯交杯，痛饮一顿，然后还要去OKOK，轻松轻松，算是传经送宝，亲临指导。

木根的女人早出晚归，一身疲惫。木根心疼女人，但又不得不像闹钟一样叫醒女人。

那天，木根的女人梳洗一番后，早早地出了门，说是新来的领导要来视察。但木根的女人回来时却是醉醺醺的，跟跟跄跄地进了门。

木根急忙去扶女人，问女人咋就喝成这样。女人嘴里冲着酒气，骂着，什么东……西，畜牲……畜牲不如……的东西。说完便倒在木根怀里。

木根不知所以，但他已看见女人眼里溢满泪。

批台基

　　村里哪家的老屋拆了要换个地方再做，就得找村主任批条划块地方，这就叫批台基。

　　这些年，木根家一直就住在老台基上的旧房子里。倒不是因为木根家不想做房子，而是因为木根家孩子太多，要吃要穿，再加上收入来源又不太宽绰，实在挪不出钱来。孩子们没有一个完成学业的，都是喂到半大就到外面去打工了。木根把孩子都甩出去了，自己的负担也轻了，靠几亩承包田来糊口。不想近两年，孩子们陆续从外地将挣到的钱汇到家里来，于是，木根就想找村主任划个新台基，盖新房。

　　来到村主任家，堂屋里一桌人你敬我一杯我还你一杯，正闹腾得热火朝天。木根知不是时候，就在外面等，一直等到太阳沉下去月亮爬起来，才有书记、乡长、主任之类的领导踏着醉步，歪歪倒倒地走出来道别。村主任送走了领导，解开裤带就在门前撒了一泡尿。正当村主任打着尿颤朝屋里走的时候，木根就喊："村主任，村——主任。"

　　村主任猛一回头："谁——谁呀？"

　　"村主任，我想找您批个台基。"木根赶紧跟到村主任屁股后面。

　　"批——批什么——喝——喝酒——酒。"村主任打着酒嗝，显然已经喝高了。

"我看今天不行了，那我明天再——"木根看到村主任这样就想和村主任招呼一声，明天再来。

"好——好说——明个儿再——喝——"村主任歪歪倒倒地进了屋。

第二天，木根来到村主任家。村主任不在。村主任女人说他到乡里开会去了。木根就和村主任女人说，我家想盖新房，想让村主任给批个台基。村主任女人说，这事，你得亲自跟他说。

木根走的时候，村主任女人忙着自己的事儿，没吱声。

第三天，木根又来到村主任家。村主任不在。村主任女人也不在。

木根想，村主任是村里的当家人，自然忙。

那天，木根正在地里割庄稼，几辆小车停在了木根的庄稼地旁边。木根看见村主任从一辆小车里钻出来，在一群人面前点头哈腰地说着什么，前面还有忽闪忽闪的灯光。

村主任看见木根，喊："木根，过来，快过来。"待木根走拢来，村主任就说："局长，您看他家过去就是我们村的特困户，这几年靠着这种高效模式，每年纯收入一两万块，今年准备批地盖楼房呢。"

木根正想说什么，村主任眼睛一瞪："木根，你说是不是？"

木根想到自己正要找村主任，要是不顺着村主任的话说，恐怕台基的事就泡汤了，就连声说："村主任说的是，村主任说的是。"还补充了一句，"一两万，一两万哩。"

那帮人听着边点头边说："好、好、好。"还说了什么典型啊、希望啊、潜力啊、小康啊等之类的话后钻进小车，呼啦就跑了。

村主任也随着车一起走了。

第二天，木根来到村主任家，刚走到门前，就听见村主任和村主任女人在嚷嚷着什么。木根停住脚步。

"空口白说，谁干？"村主任女人的声音。

"一个台基原来两千，咱也只不过拿了五百元的跑腿费，现在上头说不能随便占用耕地，而我划出去的全是良田，一旦追查，我得担责，从现在开始，来办台基的加收五百元风险费。不然，就说我不在家。"村主任向村主任女人交代。

"木根来好几趟了，咋办？"

"咋办？执行新标准。不过，看在木根昨天上级来检查时给了我面子，就让他请一桌酒席算了。"

木根转身挪动脚步，就听见屋里传来村主任和村主任女人咯咯的笑声。

典　型

　　牟乡长为农民增收的事很苦恼。这几年，乡里搞产业结构调整，资金投入了不少，可农民的收入就是增不起来。

　　最近，听说木石村涌现出一批致富典型，牟乡长就带着有关人员来村里了解情况。

　　支书木柱在村口的大路边迎接牟乡长一行。

　　牟乡长对木柱说："听说你们这儿有一批人富起来了，专门来看看。"

　　木柱说："典型是有几个，但离一批还远着呢。"

　　木柱把牟乡长一行就近领到一幢楼房前，说："这是靠经营致富的典型。"

　　牟乡长问："他家在干啥？怎么没人？"

　　"在集镇上经营农资商品，很少回来。"

　　"谁？"

　　"刘黑五。"

　　"该不是那个因出售假农药而受到处罚的刘黑五吧？他可把好多农民坑苦了。要不是他在上面有个当官的舅舅，恐怕早就蹲进去了。"

　　……

　　牟乡长和木柱边走边说，到了一幢砖墙平房前，木柱停下来，说："这是靠打工致富的典型。"

"在哪儿打工？"

牟乡长刚问完，木柱就朝里屋喊："麸皮，快出来。"

过了会儿，门口就站了一位约莫五十岁的黑脸汉子。

木柱问："干啥呢？麸皮。"

叫麸皮的黑脸汉子嘿嘿地笑了几声："这不，摸几圈——"

木柱一边说麸皮你这日子过得还挺自在的啊，一边很熟练地向牟乡长介绍起来："他家有两个女儿在外打工，都好几年没回来了。"

"知道她们在外面干什么吗？"牟乡长看着麸皮。

"不知道。"麸皮觍着脸，似乎有点害羞。

木柱说："听说他家的一个女儿在南方找了一位很有钱的香港老板，人家每月都给寄好几千块回来。"

木柱说着把脸转向麸皮，"你闺女该不是给人家香港老板做二房吧？"

麸皮的脸阴了一下，又嘿嘿地笑了起来。

......

木柱陪着牟乡长一直走到了山脚下，看着前面几间土坯瓦房，牟乡长问："这家是——"

木柱若有所悟地抢过话头："噢，对了，还有这家，这家也是致富的典型。"

"这家也是典型？"牟乡长很惊讶地看着木柱，疑惑的目光就像两道放射的光，直灼得木柱脸上发烫。

木柱显然是急了，很迫切也很恳切地说："是，绝对是。这家是从库区移民来的，来到这里不到两年时间，已在山上栽了果树一万多棵，养了五十几只羊，还喂了十多头猪——去年纯收入少说也有三万多元，不信，您可以亲自去问。"

牟乡长转身走上台阶，准备亲自去敲门，但他看见一把小铜锁将门锁着。

"狗蛋，狗蛋——"木柱喊了几声，没人应，又说："狗蛋这人哪，老实，怕是和他媳妇到山上干活去了。"

……

牟乡长的表情很严肃。

木柱感到有点儿心慌。

走时，牟乡长对随行人员说："通知明天全乡所有村干部到这里来参观，开会——"

驼背村主任

　　换届选举的时候，本来乡领导事先开了骨干会，做了过细的思想政治工作，结果还是大大地出人意料，多数村民竟然投了驼背的票。弄得前来指导选举工作的乡领导直跺脚，这简直就是荒唐嘛！

　　驼背当然只是外号，人们都习惯这么叫，似乎都忘了他的名字。驼背尖削的脸，干瘦的身材，胳膊腿只有麻杆粗，走路慢腾腾的，说话慢条斯理的，背上的大肉砣石头一样高耸着，是个让人看了不免产生几分怜悯的残疾人。

　　驼背当选的结果是乡领导几天后到村里来宣布的。乡领导说，根据村民自治法，选举结果有效。乡领导还要求驼背同志放下包袱，大胆工作，争取把村里的工作抓出新的水平。

　　驼背看着乡领导那眼神、那语调、那神态，一句话也没说。

　　散会后，便有人对驼背说，驼背，这几年咱们的负担就像你背上的那东西一样，你说难受不难受？也有人向驼背喊，驼背，就凭你那几根细骨头也想当村主任？别让人家数碎啰。还有人戏谑他说，你驼背不抽烟，不喝酒，又没个干部语言，当啥村主任？

　　驼背没听见似的。

　　驼背并不傻，这几年，他刻苦学习农技知识，四处拜师学艺，在村里率先搞起了家庭养殖，种起了食用菌，成了村里的富裕户。

第一次村组干部会，驼背就直言不讳地说，今年我想送几个年轻人到外面去学技术，让大伙儿田里的农产品能够产得出来，拉得出去。一句话，只有出去，才有出路。

散会后，驼背走出了村口。

第二天，驼背回来时径直到了二狗子家。二狗子因盗窃罪被判刑才放回来。看到驼背，二狗子粗声大气地说："驼子，你敢进我家门？有胆子啊，是送钱来还是送命来？"驼背并不慌张，仍然是慢条斯理地，"既不送钱，也不送命。""那你要干什么？""赌。""赌？老子现在正缺钱用，赌钱，如何？""好，二狗子不愧是爽快人，但要赌咱们到城里去赌，敢不？""城里就城里，驼子，我怕你不成？"

两人来到城里的机动车交易市场。驼背指着一辆货车说："二狗子，你小子有本事就把它开回去，钱我付。"

"驼子，你什么意思？明知老子不会开车，要老子玩命？"

"赌还是不赌？"驼背把提包的拉链拉开，露出几扎晃眼的钞票。

二狗子瞪圆了眼睛，看了看那辆货车，嘴里打起了结巴："这……"

驼背从提包里拿出一沓钱来，往二狗子手里一塞，说："有种就学，没种就花，就当我输给你了。"说完，驼背慢腾腾地转身，头也不回地走了。

二狗子就愣在那里。

驼背回到村里开了个村组干部会，他说："二狗子到城里学驾驶技术去了，他发誓要把咱们村的农副产品全部运出去。"

村干部都感到惊讶。

时间一天天过去。瓜熟了，果熟了，花生堆满了农户的堂屋。

下了一星期的雨，天总算晴了。驼背在村里走来走去，一脚一脚地在泥泞的道路上寻找着自己的平衡。咋办呢？咋办呢？驼背不觉走到了村口。

"驼……主任。"一辆货车停在了驼背面前，二狗子从车上蹦了下来。

"二狗子？"驼背又是疑惑又是惊喜。

"主……主任，车……车。"二狗子说着激动起来，"主任，您瞧，我带着车队来了。这路陷车，走，我陪您到村里的广播里喊喊，让大伙儿快把货担到路边来。"

二狗子和驼背村主任相视一笑，二狗子便扶着村主任朝村部艰难地走去……

土豆乡长

　　木牛乡是全县最偏远的一个乡，也是全县经济条件最差的一个乡。在县里流传着这样一种说法，不好好工作，就让你到木牛乡去。

　　木牛乡成了干部眼里的"西伯利亚"。

　　好几年来，到木牛乡任职的干部都没有在那儿长期干下去的想法，只要一上任，便又琢磨起怎样尽快调走。因此，木牛乡不到四年时间就换了三任乡长。

　　据说，牟乡长原是县直单位的一把手，到木牛乡来不是他工作没干好，而是他这人太倔，得罪了县里的一位主要领导。跟领导过不去，能有好果子吃吗？

　　奇怪的是，牟乡长来的时候并不像前几位乡长那样愁眉苦脸，牢骚满腹，而是一副乐呵呵的样子。

　　于是，木牛乡上上下下就瞪眼看着牟乡长到底能在这儿待几天，究竟能干出啥活儿来？

　　这几年，乡里搞产业结构调整，种了西瓜栽果树，拔了果树栽茶树，扯了茶树植药材，想了很多办法，可年初栽年底挖，张乡长栽李乡长挖，折腾来折腾去，资金投入了不少，老百姓的收入就是不见增长，有的农户还因此背上了沉重的债务。

那年，乡里号召全乡农民种土豆，农户就把年前种的药材挖了，种起了土豆，可眼下土豆丰收了，家家户户堆积如山，但价钱一跌再跌，农户只好用它来喂猪，有的还在家里挖了好几个地窖储存土豆。

农民心里焦急却又一筹莫展。

可眼下又有什么好办法呢？牟乡长就召集开了个乡长办公会，会上很多人认为是前任乡长没有尊重市场规律，决策失误，导致土豆生产过剩，造成了积压。

可眼下的问题是，这土豆怎么销呢？

牟乡长听了大家的意见，沉默了好一会儿，才说，我建议，由主要领导带队，兵分三路跑销售，一路由分管农业的副乡长牵头，到各大农贸市场找买主；一路由常务副乡长挂帅，到新闻单位打广告；一路由分管科技的副乡长带队，到互联网上发布土豆供货信息。总之，全乡所有机关干部都要围绕土豆销售来做文章。

尽管这样，农户的土豆仍然只销出了一半，而且价钱很低。

农民们自然叫苦不迭。

转眼到了制定下年工作计划的时候，有的说大蒜的行情好是不是可以引导农民种大蒜，有的说烟叶不愁销是不是让农民种点儿烟叶，还有的说养殖业的潜力大是不是可以帮助农民贷点款多搞几个养殖基地。

在引导农民种什么的问题上，大家的发言可谓各抒己见，有理有据。

最后，牟乡长说，我的观点是继续种土豆。

还种土豆？

对，还种土豆，牟乡长的态度很明确。

如果再出现像往年的问题咋办？

牟乡长说，市场是千变万化的，谁能有把握再种其他的东西就一定有好的市场和销路？

有人说，问题是农民干不干？

牟乡长说，乡里不是有个农贸公司吗？让他们来与农户签定收购合同，销售的问题由农贸公司负责，农户乐不乐意关键是看我们的工作做得到不到位！

牟乡长的想法确实让人费解。大家就想，牟乡长，你倔什么？过几天你一走，还不是像前任乡长一样留下一大堆"政绩土豆"。

转眼到了第二年年底，农民的土豆果然又获得了大丰收，种植面积和总产量较上年几乎增加了一倍，牟乡长亲自坐镇农贸公司抓销售，所有土豆均按年初与农民签定的合同由乡农贸公司负责收购和销售，没有一点儿的库存和积压。

农民得到了实惠，种土豆的热情高涨起来。

又一年，农民的土豆再获丰收。这年，乡里通过招商引资，办起了以土豆为原料的副食品厂、饲料加工厂、淀粉厂等好几个乡办企业，农民种植的土豆完全可以敞开收购，许多农村剩余劳动力还到厂里来做工。木牛乡的经济状况有了很大改善。

仅两年多时间，木牛乡成了远近闻名的"土豆第一乡"，人们亲切地称牟乡长为"土豆乡长"。

牟乡长的工作也得到了县里的充分肯定。县里决定，将牟乡长调到县农业局任局长。

调令来的那天，乡里专门摆了桌酒席给牟乡长送行。大家频频举杯给牟乡长敬酒，牟乡长喝得酩酊大醉。

来接牟乡长的正是那位传说认为牟乡长很倔的县领导，酒后，县领导很激动地握着牟乡长的手，道出实情："当初让你别来，你倔着要来，想不到你靠土豆光荣地完成了任务啊！"

牟乡长舌头打着转转，"自从——我坚持——坚持要来种——种土豆，我压根儿就——就没想走——走过，骗你，我——我是小狗——，我请求县领导还——还让我当几年'土豆乡长'——"

牟乡长说完，竟情不自禁地滚落下泪来。

丑陋的猪娃

雨哗哗地下了好几天。木石村的男人女人都到地里开沟放水去了，只有猪娃还在家里待着，没动静。

支书站在猪娃门口喊："快到地里开沟放水，别让大水把秧苗给淹了。"

刚从派出所出来的猪娃冲出屋来就朝支书吼："支书，老子在你家门口撒泡尿你都让老子进去好几天，现在老天爷撒那大的尿，要是这雨尿把你家的草垛泡了，把你地里的秧苗淹没了，你该不会让老子去蹲牢房吧。"

支书沉默着走了。

猪娃有和支书作对的理由。

猪娃是村里的屠户，人很老实。那年，支书家出了两件大事，先是草垛被烧，紧接着是刚插上的秧苗被人给拔了。对这两件明显带有报复性质的治安案件，镇里非常重视，组织专门人员督促派出所来调查处理，但派出所来调查了好长时间也没查出个什么名堂来。

一天夜里，猪娃卖完肉，在镇上喝了酒，歪歪倒倒地回家。路上，猪娃被尿憋得急了，就在支书屋门前撒起了尿。可正当猪娃撒得痛快的时候，支书开门从屋里出来，哗哗的响声震动了支书的神经。

于是，支书就大声地喊了起来，有贼，快抓贼呀！支书边喊边朝猪娃冲过来。猪娃听到喊声，灌下去的酒醒了一半，在慌慌张张提裤子的时候，别在腰间的杀猪刀咣当就掉在了地上。

当天晚上，猪娃就被派出所带走了。

猪娃觉得自己冤，恨支书。从派出所回来后，猪娃就整个儿变了个人似的。猪也不杀了，活也不干了，整天东游西逛的，等天黑了，再到支书屋门前撒泡尿。猪娃对人说："老子过去什么坏事也没干，只在支书屋门口撒了泡尿就被关进去了，现在老子再撒，看再关老子几天。"

几天后，支书家的草垛被人点燃了。那晚，猪娃到支书屋门口去撒尿，正好看到起了火的草垛。猪娃想喊，可他想如果自己先喊出来，支书非怀疑这火是自己放的不可，于是猪娃拔腿就跑。这时，支书从屋里出来，正好看到起了火的草垛，也看到了拔腿就跑的猪娃。支书喊："猪娃，你站住，给我站住。"猪娃根本就没听到支书的喊声。

火被扑灭了。猪娃刚到家，支书就带着人来了。支书进门就问："猪娃，我什么地方得罪了你？使得你如此仇恨？"

"你说什么？你以为草垛的火是老子放的？"

"那你为啥跑？"

"老子只是想到你屋门前撒泡尿，老子发现你家草垛着火了，老子是不想给你家救火才跑开的。"

"那你说这火是谁放的？"

"反正不是老子放的，难道老子撒泡尿也能撒出火来不成？"

支书无话可说。

第二天，派出所的人来了。猪娃和派出所的人辩解了老半天也未能说清楚起火的原因。

这次，猪娃在派出所被关了一天一夜也没承认火是自己放的，派出所只好将他放了出来。但放出来时，派出所的人说，你回去好好想想，想清楚了再来交代，先把保释金交到所里来，别让我们去找你。

猪娃从派出所出来后，恨死了支书。

今天，猪娃看到支书到他家门前来喊大伙儿出去开沟放水，他就对支书狠狠地说了几句难听的话。

猪娃在家里待了会儿，似乎又感到刚才说的话太刺激支书，就匆忙扛上锹到地里去了。

猪娃没去自己的地里，而是来到支书的地里，将地里的秧苗全拔了起来。快要拔完的时候，支书来了。

支书想过来制止猪娃。猪娃说："你别过来，我手里有锹。"支书悻悻地不敢上前，扛着锹走了。

猪娃拔完支书地里的秧苗，径直到派出所投案自首了。

派出所警察问："猪娃，你为什么要拔支书地里的秧苗？"

猪娃回答："要是今天支书地里的秧苗被大雨淹了，没准又会算在我头上，不如我亲手干了，免得再受冤枉。"

派出所警察将猪娃关了起来。

支书得知猪娃被关，很快就赶到了派出所，要求派出所所长把猪娃给放了。派出所所长说："他拔了你家地里的秧苗，他自己都承认，我们不能放人，除非有新的证据。"

支书看到派出所所长的口气很硬，急了，说："我家地里的秧苗是我自己拔的，与猪娃无关，这总可以放人了吧。"

派出所所长摇摇头，说："自己把自家地里的秧苗拔了，这是哪门子理呢？"

猪娃出来的时候，天晴了。支书说："猪娃，你家地旁边的水沟是我开的，你家地里缺的秧苗你就到我家地里去随便扯得了，只是请你不要再干到我家屋门前撒尿这样丑陋的事行不行？！"

水杉做证

　　水杉被称为树种中的"活化石"。乡政府大院栽着一片水杉,水杉长了十好几年,树干已显高大,从春天到夏天,枝叶茂盛;进入秋天,满树的叶子发黄,掉在地上一堆堆的;到了冬天,掉光了叶儿,水杉就像骷髅似的只剩下骨架,孤零零的,给人一种怅然若失的感觉。

　　有人从水杉联想到了这几任乡长。一个因政绩平平挪不动窝儿不得不退了下来,一个因计划生育出了问题而被就地免职,最近一个还没干到一年就因经济问题被抓进去了。三任乡长平时都爱到水杉林里坐会儿,走走,尤其是最近那位乡长走的时候,还狠狠地踹了水杉树。

　　于是,不知谁把水杉与乡长联系起来,编起了歌谣:水杉发芽,乡长来啦;水杉茂盛,乡长发啦;水杉泛黄,乡长怕啦;水杉落叶,乡长垮啦。

　　这水杉在好多人眼里都成了晦气树、倒霉树。

　　又是水杉发芽的时候,新乡长来了。新来的乡长是一位刚三十岁出头的年轻人,姓牟,大学生,一上任就没怎么在乡机关里待,除了开会布置工作之外,不是下基层到农户,就是跑外面逛世界,压根儿就没想也没时间听别人的议论。

　　那天,牟乡长刚开完会从会议室出来,穿过水杉林的时候,一位老汉跪在了牟乡长面前，"牟乡长，您可得替我做主啊！"牟乡长赶忙蹲下来将老汉扶起来，问是怎么回事。老汉对牟乡长说，他家承包了一片荒山，经过几年的开荒植树，现在已经开始受益，但村支书要取消原来的承包合同，将老汉的承包山收归村里所有，要老汉三天内退出，否则，强行拆掉房子赶他下山，今天是最后一天了。老汉说完，颤巍巍地递上了村里下达的搬迁通知书。

牟乡长拿过通知书看了一眼，说："这还得了？"

牟乡长叫上小车，带上老汉就往木石村赶去。赶到山上，就听到支书的声音："给我拆，给我拆——"

这时候，牟乡长的车嘎的一声停在了老汉屋前。"住手——"

"牟乡长，您咋来了？"支书刚笑盈盈地跑过来和牟乡长打招呼，就看到老汉从牟乡长的车上下来。支书拉下脸冷冷地笑了几声："这山是村里的，老汉的承包合同不合理，大伙儿都要求村里收回来，可老汉就是不同意，我们也是没办法——"

老汉刚要和支书论理，牟乡长就做了一个不要再说的手势，说："屋先不要拆，待情况弄清楚后再说。"

支书显然有不满情绪，走时，将嘴贴到老汉耳边嘀咕了几句。牟乡长看到老汉苦瓜般的脸上慢慢漾开了笑意，满肚的火才没有发出来。

过了两天，牟乡长带着了解到的情况再次来到木石村，车开到支书的家门口停了下来。支书正在挥锹挖门前的一棵水杉树，看到牟乡长从车上下来，支书停下锹，狠狠地朝水杉踹了一脚，就笑呵呵地走过来："哟，牟乡长，大驾光临啊！"

牟乡长说话开门见山："木支书，还为那事儿，按村里和老汉签的合同，那山现在还不能收。"

"咋就不能收？原来的乡长让俺收俺还不干呢！"支书口气挺硬。

"咋？原来让你们收你们没有收？"

　　"是，原来的乡长说，承包给农民的山，凡村里签的合同都不算数，要乡里批准才行。我在村里干了十几年了，我总不能自个捆自个的嘴巴说话像放个屁吧，凭啥昨儿个要收，今儿个又不能收了？"支书倒豆子般说出了理由。

　　支书的一席话还真把牟乡长说得有点儿不明不白了。牟乡长就说："走，上车，问问老汉去。"

　　让牟乡长感到奇怪的是，当他从车上下来的时候，老汉也握着一把铁锹正在挖门前的水杉树。

　　"大爷，您把这好端端的水杉树挖了干什么？"

　　"得挖得挖，这水杉树要不得了，再也要不得了，村里人都说它是霉气树，都这么说。"老汉一边说一边挖。

　　牟乡长从老汉手里夺过锹来，狠狠地往树蔸上培了几锹土，说："您不知道这水杉被称作'活化石'？才刚发芽，挖了多可惜！"牟乡长看一眼支书，又培了几锹土，"木支书，合同是有法律效力的，我看这山是老汉的，屋子不能拆，就让水杉树做证！"牟乡长说完，将锹狠狠地插进了刚培的泥土里。

　　支书呆了会儿，走过来拿起锹边培土边说："对，牟乡长说得对，就让这'活化石'做活见证。"

　　回到乡里，牟乡长叫来办公室主任说："明天在树林前立个牌子，写上：国家重点保护树种——水杉。"

真　相

七月的阳光烈。

满头大汗的村支书带领几个村民正在泵房修理日夜不停抽了几天几夜的抽水机，听到喊声，支书抬起头，就看到村主任小蒜边喊边朝他招手，"支书，快过来，快过来。"

支书扯开嗓门："有事说吧，我这不是正忙着吗。"

小蒜就一个劲地向支书打手势，支书只好走了过来。待支书走近了，小蒜才小声地说："紧生他——"

"他怎么了？"

"他，他把水牛家的瞎丫头给糟蹋了。"

支书扔下手中的扳手，骂道："这个又聋又哑的怪种，怎么干出这样伤天害理的事儿来了呢！"

支书和小蒜赶到水牛家的时候，水牛和媳妇正在帮瞎丫头整理衣服。看到支书和小蒜进来，水牛就说："我和媳妇刚从地里回来，就看到紧生——"水牛媳妇指了指地上，地上分明还有一摊血。

支书一边骂儿子紧生是畜牲不如的东西，一边扭过头来看着小蒜。

小蒜就问水牛："这事还有谁知道？"

"怕是再没有谁知道了。"水牛说。

支书就对小蒜说:"小蒜,这事就交给你处理,该怎么着就怎么着!"

小蒜把头点得如鸡啄米。

支书回到家,一进门就吼,"你这个不争气的怪种,竟然做出这种伤天害理的事,看我不打死你!"支书顺手抄起门边的扫帚就朝儿子紧生打过去。

支书媳妇跑过来抱住支书,问:"出啥事了?"

支书一把扔下扫帚,指着儿子紧生骂道:"你问这个不争气的狗杂种!"

支书媳妇跑过去拉住紧生,紧生就一个劲地给他们打手势。

支书媳妇说:"紧生说,他没干啥坏事。"

支书又来了气:"人家水牛、小蒜能冤枉他个又聋又哑的怪种?"

小蒜在水牛家作了种种承诺,还暗地里给了水牛二百块钱,方才将此事掩下来,平息了。

待几个月过去,村里风平浪静,支书才算松了口气,心里踏实了许多。

为了感谢小蒜,支书就请小蒜到他家喝几盅。刚喝到兴头上,水牛和媳妇就领着瞎丫头走了进来。

支书赶忙给水牛让坐:"来来来,水牛兄弟,来喝两盅。"

水牛并没坐下,而是把瞎丫头往桌前一扯:"出事了,你们说咋办吧。"

支书就睁大了眼睛,他看见瞎丫头并不合体的衣服使得凸起的小腹显得格外突出。

小蒜站起身来,对水牛说:"水牛兄弟,先带丫头回去,你们放心,这事我们不会不管的。"

水牛媳妇看了一眼小蒜,很难过地说:"我们丫头过去可是好好的,现在被弄成这样,叫我们咋做人啊。"

小蒜就不言语了。

支书狠狠地将酒杯往桌上一蹾,说:"娶,娶过来算球!小蒜,你就好事做到底，媒，你做。"

很快，支书的聋哑儿子要娶水牛的瞎丫头的消息不胫而走。支书就听到了"龙配龙，凤配凤，蚂蚁配臭虫""哑巴娶个瞎婆娘——门当户对"之类的议论，尽管这让支书很气愤，但他不得不忍气吞声。他倒希望把这事快点办了。

小蒜办事一向很下力气，再说作为村支书儿子的媒人，他不急不行啊。小蒜跑上跑下，跑东跑西，仅用了三天时间就将所有的手续办好了。

尽管儿子紧生一百个不愿意，但支书还是强行为儿子紧生和瞎丫头举行了婚礼。

就在紧生和瞎丫头结婚后的第二天，瞎丫头竟然哭得一脸泪。按习惯，第二天是"回门"，支书早早地就安排紧生和瞎丫头回了娘家。可回到娘家，瞎丫头仍是一个劲儿地哭。

大伙儿都看紧生，紧生就一个劲地打手势，无论怎么劝，就是止不住瞎丫头的泪水。

水牛和媳妇原本觉得瞎丫头成了村支书的儿媳妇，像一块石头落了地，心里该高兴，但看到瞎丫头不停地流泪，内心就感到惶然无措。

直到半夜，瞎丫头悬梁自尽，手里还死死地捏着一个小小的蒜头，水牛和媳妇才如梦方醒。

看着瞎丫头一双睁得大大的眼，水牛痛哭流涕，水牛媳妇发疯似的冲出门去，嘴里大喊着："小蒜，你个不是人养的东西，还我丫头……还我丫头……"

山　芋

　　山芋是从很远的地方嫁到木石村来的。来到木石村之前，听媒婆说山芋是个很精明很贤惠的女孩子。山芋的男人土豆只知道干活卖力气，当地人说他是打一棒头哼一声。

　　山芋和土豆一年到头勤扒苦做，恨不得把几亩责任田都种出花来，可到年底一算账，白忙活一场。山芋就感到这日子没法过了。

　　正好那天村支书带着一班人来收提留，土豆一看到支书就好像骨头都软了一样。山芋却不怕，说，多少？

　　支书转头看了看会计小羊。

　　小羊看着账簿，照本宣科。

　　"凭啥要恁多？"山芋说。

　　支书放大了声音："你才来几天就敢和老子讲理，在木石村老子说了算，这钱非交不可，一个子儿也不能缺。"

　　"没凭据？没凭据一分钱也没有。"尽管土豆一个劲地在旁边劝山芋，可山芋就是寸步不让。

　　"臭婆娘，敢和老子顶嘴，不交钱，老子今天就扛你的粮，赶你的猪，连你家房子都拆了。"支书恼羞成怒。

山芋使出一把劲拉上土豆，转身进屋，呼的一声将门关上，上了闩。

支书吃了闭门羹，就在门外吼，想从气势上吓倒山芋，也想给山芋点颜色看看。过了一会儿，小羊走到门前贴上耳朵听了听，可屋里已没有了半点动静。于是，支书就吩咐小羊绕到后门去看看，后门开着，屋里没了人影。

山芋和土豆从屋后跑了。

支书怎么也没想到在这里就碰着了难题。过去每年收提留都是很顺利地过土豆这一关的，因为不管是有还是没有，土豆都是老老实实地有多少就交多少，有时没钱就是借款也给补上。现在来了一个山芋，就让他碰了钉子，要是再来几个山芋，这村支书还咋当？支书还真是消不了这口气，又在山芋家门前骂了一通，便带着一班人气呼呼地走了。

连土豆家这一关都过不了，其他的农户就可想而知了。而且，还有很多人都效仿山芋的做法，惹不起，躲总可以吧。

钱没收起来，支书一些杂七杂八的开支就无法应酬，经常有人来找他的麻烦。支书就感觉很没面子。

支书恨死了山芋。

支书也很想找到山芋出口气。

春节快到了，到城里打工的人陆续回来，回来的人给支书带来了好消息。他们说，山芋和土豆在城里开了一家"山里人饭庄"，生意非常红火。

听到这个消息，支书感到一阵激动，一大清早就叫上小羊往城里赶。

来到饭庄，山芋不在，土豆非常热情地上来迎接他们。

跑，我看你们跑到哪里去？山芋呢？支书冲着土豆就要发火。

土豆说，有话好说，支书别发火，看您大老远来的，先坐下吃饭。

看着土豆仍是一副老实诚恳的样子，支书犹豫了一下，看了看小羊。

小羊想，反正还有一大笔提留款呢。就说，吃就吃吧。

一桌子菜被扫得杯盘狼藉，支书和小羊也有点醉了。

山芋跨进来的时候，他俩的眼睛都直了。但见山芋穿着一身非常得体的裙衫，手里拿着一个精致的钱包，俨然一副老板的派头。

山芋一边主动和他们握手，一边说，支书绑架我来了？

支书瞪着眼，本想发火，可抹了抹嘴，却又将眼睛转向了小羊。

小羊很快接过话来，我们是来找你们——找你们——

山芋说，有话直说，是不是要提留款来了？

支书和小羊就盯着山芋，很不自在。

山芋就说，交，该交的钱咱一分不少，就像咱开饭馆一样，交税，也交费，但我不知道这开饭馆和种田有啥不同？

山芋说着递过来一张卡片。

支书和小羊接过卡片，眯着醉眼看了几遍，就感觉这刚喝下去的酒有点儿醒了。

小羊默默地看着支书。

支书已经低下了头。

支书说，小羊，咱回去也要明明白白地印张卡，把要收的项目都写明白，咱农村也要像这城里一样。

小羊说，是得印，人家城里人弄的东西就是好，一看心里就踏实。

偏西的太阳依然灿烂。望着支书和小羊渐渐远去的背影，山芋就拉长声音喊，过几天，我会和土豆把钱送回去的——

桥

　　小河缓缓流过村庄。生活在木石村的人们就有了河东与河西之分。清晨，洗衣担水的娘儿们，常在河边放开嗓门拉呱着河东河西村里村外十里八乡发生的新鲜事儿。

　　"呃——支书家的儿子要娶媳妇了，人家那可是专门请算命先生择的大好日子，听说媳妇是你们河西那边的。"河东的娘儿们大声地朝河西的娘儿们喊。

　　"晓得呃——人家离咱木石村还有二十多里地呢，村里好多人都见过，人家那才是个俊妞，模样俏呢。"河西的娘儿们大声地应和着。

　　河东与河西就靠一座木桥连着。

　　村支书的儿子娶媳妇的前一天，倾盆大雨哗哗不停地下，小河里的水暴涨，把木桥冲垮了。

　　偏偏支书家在河东，要接来的儿媳妇却在河西。

　　桥垮了，可儿媳妇总不能不接吧。

　　于是，支书就连夜找来了村主任大葱和村会计小羊。

　　支书说，河水把咱们村联系河两边的桥梁给断了，你们看哪家有个事都不好办。再说，我那小兔崽子明天娶媳妇，没桥，媳妇咋能娶过来呢？

　　大葱说，那我去找几只船吧。

支书说，我请的是八人抬的大花轿，哪弄那大的船。

小羊说，要不这样，马上通知开个村民大会，让大伙儿赶快架座桥起来，再说了，修座桥不也能检验检验咱们村党支部的凝聚力和战斗力吗？

大葱挠了挠头皮，说，小羊说得对，我看也只能这样了。

支书沉思了好一会儿，说，那就由你们俩负责吧。

大葱就在村喇叭里喊，大伙儿听好了，咱村遭遇了百年不遇的大洪水，村里的木桥被冲垮了，河东与河西的联系被隔断了。为了使咱村不至于被一分为二，村党支部、村委会决定组织大家与洪水搏斗，迅速搭起一座桥来。请各家主要劳力下午五点钟到木桥被冲垮的地方集合。去的给计义务工，不去的罚款。

河东的人去了。河西的人也去了。

由于河水太猛太急，架桥的难度很大。下水的好几拨人都因站不住脚而不得不被拉回岸上，放进河里的木头一下去就被洪水冲走了。情急之中就有人想出计来，先将绳索的一端绑在岸上的大树上，再用另一端系住下水人的腰，让下水的人尽量能够找到平衡，站稳脚跟，然后也用绳索将木桩系好后放到水里，让下水的人能够牢牢地握住木桩。大伙儿一个桩一个桩地打，一根木头一根木头地铆，与洪水展开了一场生死搏斗，木桥才胜利合龙。

正当大伙儿一阵欢呼雀跃之后准备回家的时候，高亢的唢呐声、锣鼓声、吆喝声、鞭炮声响起来了，支书家娶亲的队伍排成长龙从河东向河西进发。

热闹壮观的场面，好似在给新搭成的木桥举行剪彩仪式。

娶亲的队伍顺利地从河东到了河西，慢慢走远。

搭桥的人拖着疲惫的身体回家睡觉去了，看热闹的人们渐渐散去，木石村异常地平静下来。

下午三点多钟，娶亲的队伍敲锣打鼓、唢呐齐鸣、鞭炮阵阵地回来了。

大伙儿都知道，支书家的新媳妇就要通过木桥了。

木桥两边又聚满了看热闹的人们。

河水依然奔涌不息。娶亲的队伍刚走到河边，木桥不知咋的，哗的一声，断了，塌了。木头也顺着湍急的河水漂走了。

所有声音戛然而止。

就听见支书在河西吼，他娘的，搭的什么桥？快，快，快给老子再搭座桥起来。大葱，你和小羊负责河东，我负责河西，让全体村民马上给我搭——

大葱和小羊也就喊，大伙儿别走开，马上行动，每户一名劳力，不参加者罚款！每户三根木头，不出的罚款！

听到大葱的喊声，大伙儿很快就散了，谁也没有再到河边来。

新娘子掀开红盖头，自个儿走下轿来，远远地看到急得团团转的支书，又瞪了一眼胸戴大红花的新郎，发疯似的朝着回家的路上狂奔而去。

支书在河边声嘶力竭地吼了一声，便瘫倒下去——

没陪村支书去喝酒

村支书出门的时候，功夫还没起床。直到功夫婆娘一脚把他蹬醒，功夫才从床上爬起来。待他追到村口，早已不见村支书的身影。功夫刚进屋，婆娘就一个劲地骂，你个孬种，没事在屋里自个儿都喝个烂醉，有种你就和支书一起去，干吗让支书一人颠去。

功夫就说，你别骂，就那事情，我都被支书叫去喝过几次了，哪次把瓜销了？再喝两次那瓜在田里不成稀泥巴了？

昨天晚上，十一点都过了，功夫正和婆娘闹得欢，突然就响起了敲门声。功夫正在兴头上，没起床开门。直到门敲得急了，又听见了支书的大嗓门，功夫婆娘才把他从身上掀下来。

功夫一开门，就听到村支书吼，你个屁功夫，睡死了。

功夫忙说，支书，您来的不是时候，我这不喝……喝了几盅……有点高了吗！

支书说，别给我扯闲了，明儿个一早跟我到城里去一趟。

明儿个早晨？

是。咋那？

啥事？

不就是上次来的那个农产品经销公司的老板，你不记得了？为了咱村这一地的瓜，你都陪人家喝糊涂了不是？

噢，那个王八蛋，我看他也不像个好人。

好你个功夫，就你是个好人了。人家可是农副产品经销公司的老板啊！就你有本事，你当个老板试试？你能把咱村的瓜全销了？

好了好了，支书，看您说的，我这不是生错地方了吗？要是老天让我也生在城里那块肥地方，我保准和咱地里的瓜一样溜圆溜圆的，不也可以整个老板当当？

你还老板呢，我看你木板一块，到底去不去？

不是我不去，我看那个老板不对劲。您看上上次……上上上次来的那几个老板，吃咱们也陪他吃了，喝咱们也陪他喝了，还说要在咱们村建个基地什么的，最后咋样？跟那个炸美国佬的什么本……拉登一样，一去就没影了。我说不去就不去，要不再招个骗子来，乡亲们还不戳我脊梁骨啊。

不去算球。支书说完，转身就想走。

功夫婆娘听到了，提着裤子就出来了。冲着功夫喊，好你个功夫，支书的话你也不听了？支书是叫你去杀人还是去放火了？不过是叫你去陪客人喝喝酒，没事儿你在家里都闹腾着要喝个半斤八两的，这个时候你就怕死了？

功夫盯着婆娘，你看你的裤子都没穿正着，跑出来干啥？我怕死，我功夫啥时候怕死了？半斤八两的我在乎了？你给我快死进屋里去。

支书看了功夫婆娘一眼，转身就走了。

晚上，支书坐着一辆小车回来了，跟在支书后面下来的是一个年轻漂亮的女人。支书就说，功夫，这是崔老板……

功夫的眼睛就盯着崔老板。

崔老板说，要不是支书到我们那里去，我还真不知道有人在砸我们公司的牌子。

支书看着功夫那双瞪直了的眼睛，就朝功夫吼，你赶快去通知乡亲们摘瓜，人家崔总马上就调一个车队来，把咱们村的瓜全包了！

功夫哎了一声，就屁颠屁颠地跑了出去……

不信整不了村主任

　　如今的年轻人都跑四方去了，天宽地阔，哪儿没有爷们的一条生路。可狗儿始终没走出家门，最远的就是到了镇政府，那次去还是想告村主任的状。不巧的是，狗儿在镇政府门口碰着了村主任，村主任一开口就问，狗儿你小子还真行啊，跑到镇政府告我状来了？狗儿结巴了，没，没——没，村——主任，俺——哪——敢啊！话还没说完就灰溜溜地往回家的路上跑。

　　狗儿想，我还没告状呢，村主任咋就知道俺要告状呢？真是邪了，村主任又不是神，能知道俺心里想啥？难怪上次开村民代表会时，村主任在会上说，你们都给我注意了，有些事你们不用说，只要屁股一翘，咱就知道是拉屎还是尿尿？狗儿想，你村主任的牛皮也吹得太大了吧。

　　让狗儿想告状的是村主任的办事不公。那天，村里调整责任田，村主任找到狗儿说，狗儿，你看村里大小伙子都外出了，你家种的田多，而且多靠路边，我想把你家的田调整一下，行不行？

　　为啥？

　　你看桂花，她男人在外打工几年没回来了，她一个人带着小孩，咱们——

　　算了算了，村主任，咱村里就你最关心桂花了！

　　狗儿就当着村里人说，咱村主任在家掂老婆，在外掂桂花，硬把村主任跟桂花的事儿给弄得满城风雨了。

让狗儿恼火的是，村主任居然当着村里的人说，你狗儿天生一副种田的相，有本事你就出去挖煤开矿当老板去？别看人家赶头驴出去开着小车回来，你呀，没准给你辆小车出去，你就赶头破驴回来了！

狗儿就想，你村主任说这话不是欺负人吗？不把你村主任整下来，俺不是头驴就是条狗了！

狗儿刚回到村头，就看见一帮人在他责任田边指指点点的，村主任在田里指手画脚地说着什么，还一脸的笑。

狗儿，你跟我过来，村主任说。

来人中站在最前面中间的那人开了口，他是人，你怎么叫他狗？

狗儿忙凑上去，俺——俺是狗，他——村主任才是人！

你看你这村主任咋当的嘛，干部是鱼，人民是水，应该是鱼水关系嘛，叫他狗，说明了什么？来者说完，狠狠地挥了一下手说，换个地方去看看！说完带着一干人上车走了。

村主任愣在那里，看了看狗儿，说，狗儿，你改名了？

俺狗儿打从娘肚里生出来就这名，改啥改？

没改，瞧你刚才那口气，挺硬巴的。没改，你凑啥热闹！

俺说，俺是条狗，村主任，没错吧！

村主任摇摇头，走了。

狗儿想，老子就想咬你一口！

狗儿闲来没事，在自己的那片责任地旁边搭了个小棚子，晚上就在棚子里睡觉。

那天傍晚，闪电扯得像天破了缝，炸雷打得狗儿的小棚子摇摇晃晃的，紧接着雨就像战场上密集的枪声，狗儿就蜷缩在小棚子里，外面的雨声像一根根针往他心里扎。狗儿不敢发出一点儿声音。

蒙蒙眬眬中，狗儿听到了另一种声音，而且这声音让狗儿有点兴奋。

狗儿，快开门！果然是村主任。

啥事？大雨咋把村主任给漂来了？狗儿慢慢起来，还不耐烦。

你个狗儿，快开门！

狗儿一开门，村主任背着个女人就进来了。

是桂花，俺就知道你们没啥好事！

村主任将桂花放在狗儿的床上，马上对着桂花的嘴吹气。

咋回事？咋回事？狗儿在旁边开始急了。

几下之后，就听到桂花长长地出了口气，而且还有点儿声音。

村主任转身就冲向了雨中。

桂花一会儿就醒了。

狗儿就说，是村主任背你来的。

桂花说，多谢村主任。

桂花接着说，狗儿，别误会，村主任是好人。几年前，俺男人遇上矿难了，全村就村主任知道，上面只让我跟村主任去处理了后事。俺男人在给俺留的最后一封信上说，俺家地远，让俺——没想到雨来得太快太大，俺就倒田边了。幸亏村主任！

村主任带着医生一进门，狗儿就说，村主任，明日你就把地给咱调了，俺不整你了！

会走会说的石观音

木牛乡的经济状况很差，新上任的乡长欧阳德是从县科委下派到木牛乡来的。

一到木牛乡，欧阳德就深入乡里的村村落落。他过去是搞科研的，虽说对木牛乡的情况有所了解，但这次到木牛乡一看，着实让他摇头叹息。木牛乡穷乡僻壤，山多田少，完全没有致富的条件，当地的老百姓说，我们这里山上连草都不长，还指望它能变出钱来。

欧阳德毕竟是从县科委下来的，懂得科技的重要性，他对这里的气候条件作了认真分析，还把水土石头取样送到县科研所进行详细检测。

但检测的结果再次让欧阳德大失所望。

欧阳德开着他那辆吉普车绕着石头山转了好多圈也没转出个名堂来。这天，他来到木石村一石头屋前，看到一位老汉坐在门前一口接一口地吸着旱烟，老汉炯炯的目光吸引住了他。欧阳德叫了一声老伯您好，就看到老汉抬起头，用他那炯炯的目光看了一眼欧阳德，起身让欧阳德到屋里坐。欧阳德来到老汉的屋里，看到老汉屋里的桌子凳子全都是用石头做成的。欧阳德就围绕着石头和老汉拉呱起来。老汉说："我们这地方山不长草，石不长树，单靠这几分地就是种出金子，怕是也富不起来呀。"老汉说着指了指堂屋香台上的一座石观音，接着说，"除非这石观音能抬腿走路，能开口说话。"

"让石观音走路？说话？"欧阳德走上前去，摸着石观音若有所思地问。

"本来我家像这样的石观音是有两座的，前不久，我在南方打工的儿子回家带了一座走了。儿子说，在南方许多老板还和我们这里一样，爱把观音像供在家里、店里、厂里，图个吉祥。儿子在帮工时不小心把老板店里的一座用石膏做成的观音像打碎了，被扣了整整一个月的工资，老板还限他在一个礼拜内赔一座。儿子急了，千里迢迢回家来把那座石观音带去了。后来，儿子写来信说，他们老板看了他带去的石观音，很满意，很感动，老板说这石观音太有价值了，不仅给儿子补发了扣掉的工资，报销了来回的车票，还给了儿子一笔辛苦费。"

听完老汉的话，欧阳德狠狠地拍了拍脑门，说："老伯，您的石观音已经走出去了，是借您儿子的腿走出去的，我有办法尽快让您的石观音说话。"

老汉瞪着眼睛，摇了摇头。

第二天，欧阳德就带着几名新闻界的朋友来到了木石村，不久，木石村的石观音就在省市的媒体上以文字和图片的形式亮相了。紧接着，欧阳德又请各级领导、雕刻专家、设计专家、开发商和营销商到乡里来举办了一次盛大的"石观音科技商会"。会后，各地订单陆续飞来。仅用了两年多的时间，木牛乡便开发出了以石观音为拳头产品的石雕系列，成了闻名遐迩的"石雕第一乡"。

又一年的石雕商会，面对众多媒体的采访，乡长欧阳德把话筒递到了老汉面前。老汉指着身后巨大的石观音，激动地说："欧阳乡长给我们木牛乡的石观音借了腿，借了嘴，让它走出去，叫响了……"

血　证

　　木发太穷，裤子都补了几层补丁。一早，耐不住窘迫的木发拉着板车进城去，他想把自己的力气卖到城里，挣几个活命钱。

　　晨雾渐渐散去，伴着一缕刺眼的霞光，太阳慢慢抬起羞红的脸蛋。木发那双露出大脚趾的解放鞋，那条打满补丁的裤子也渐渐融入了慢慢喧闹起来的城市。

　　木发行走在宽阔的街道上，时而传来的汽车喇叭声让他感到浑身发怵，很不自在。但他转而又想起同村的木财，木财前几年不也是拉着板车进城的吗？后来不就成了工头什么的，听说这城里好多高房子都是他带着人盖的。木财在村子里第一个盖起了楼房，还在城里买了别墅什么的，有了自己的"乌龟壳"，有了自己的"水蛇精"，有了自己的"牛皮嘴"。人家都说木财是在城里混得精明起来的。

　　木发想着，步子就迈得更轻快了。说不定自己就是村子里的第二个木财！

　　木发抬起头，想看看这鳞次栉比的高房子。突然一声碰撞伴随一声惨叫让他下意识地扭过头去。木发被眼前的一幕惊得叫了声哎哟我的个妈，便止住了脚步。在离木发二三十米远的地方，一辆白色的"乌龟壳"把一辆脚踏车连车带人撞出了老远。

木发瞪圆了眼睛，也就清楚地看见那辆白色"乌龟壳"打了个急弯，风一样地远去了，消失了。

木发听到了痛苦的呻吟，匆忙拉着那辆吱呀吱呀响的板车跑过去。一摊血正在水泥地面上扩散。

木发稍怔了一会儿，又匆匆将躺在地上的人抱到自己的板车上，径直朝着有红"十"字的地方拼命地跑去。

木发知道那地方就是医院。紧急的时候，木发伸出了自己的胳膊，医生又是一阵忙乎，再后来自己的血便流进了伤者的血脉。

木发守到了下午，伤者的家属才赶来。从医院里出来，拉着板车，木发的头昏沉得像个大铁锤，那双露出脚趾的解放鞋也喘着凝重的气息。

回到村子，已是日暮黄昏。木发刚抬起昏沉的头，就看见那辆分外眼熟的白色"乌龟壳"停在村子里那栋让人羡慕得要命的楼房前。

木发使尽全身力气，艰难地挪动着脚步。

当木财乐呵呵地眯着他那双腥红的醉眼，打开车门准备开走的时候，木发的板车横在了前面……

刮　风

木发和木财较上劲，完全是因为那棵白果树。

那棵白果树据说有上百年的历史了，生得很怪，不偏东，不偏西，就在木发和木财两幢房子前交界的中间。从粗壮的树干到宽大的树冠，就连树干上分出的大枝杈也是一分为二，够公平。

木发和木财乡里乡亲的，很和睦。前些年，树上的果子谁也没去摘过，等果子掉到地上了，谁家的媳妇勤快，就去捡。

又是一年果满枝头的时候，一群西装革履的果树专家来到这棵树下，他们说，这白果树又叫银杏树，可是当前的活宝贝，树皮、树叶、树根都可入药，价值不菲呢，单单就看这树上的果子一年至少可卖出上万块钱来。

木发和木财都感到震惊。

木发和木财商定，从中间垫上一排砖，等果子掉到地上，各捡各的。

那天突然刮起了风，果子就像雨点一样落到了木发那边。木财那边却是稀稀拉拉的几颗。木发和媳妇捡了满满的两箩筐，木财和媳妇却只捡了半箩筐。

木财说，这不公平，今天的果子咱们得对半分。

木发说，果子可是我在我这边捡的呀，原来不是说好的吗，果子掉在谁那边就归谁。

木财说，今儿个可是风吹的，不能算。

木发说，谁知道今儿个起东风，明儿个就不起西风？明儿个风朝你那边吹，掉下的可都是你的。

木财无话可说。

东风就这样刮了好几天，木财急得跳着脚骂天，后来，又刮了几天西风，木发急得跺着脚喊娘。

风，依然是时而朝东刮，时而朝西刮。

木发和木财就什么事也不干，守着树，等风朝自己这边刮。他们的情绪也随着呼呼的风声而悲喜。

木财怕风朝西刮，想爬上树把果子先摘下来，但木发说要上树你就从你那半边爬上去。木发想用长竿把树上的果子先捣下来，木财说你要捣可别捣晃了我这边的枝丫。

一日，电闪雷鸣，风又来了。木发怕风朝东刮，就用一根粗绳子系在自己这边的树枝上，紧紧地拉向西边。木财怕风朝西刮，也用一根粗绳子系在自己这边的树枝上，紧紧地拉向东边。

风疯狂地把树卷得飘摇不定，呼啸的风是不单朝东，也不单朝西刮的旋风。

木发和木财都带着媳妇儿从屋里跑出来，男的拼命地拉着树，女的赛着往箩筐里捡果子。

风愈刮愈烈。粗大的白果树拼命地甩着自己的头，好像是要把一颗颗果子甩开，又好像是要挣脱绳索的束缚。

风猛猛地刮着，旋着，丝毫没有偏向东、偏向西的意思。木发和木财依然使尽力气拉着绳子。

树呻吟着，树上发出了吱呀声。

一声惊雷，高大的白果树裂断而倒，木发和木财也倒了下去。

不能不想你

秋走出家门的时候，山娃仍旧木着脸，一声未吭。

秋说，山娃，看好你自己，笋她们几个在那儿都没事，我也会没事的。

说完，秋就走了。

待秋走远了，山娃才如梦中醒来一般，起身追了出来，狠狠地跺脚，就朝秋喊，秋，秋——秋，你走了，还想我不——

可这时，山娃的声音变得如此细弱，秋已听不到山娃的喊声了。就算是听到了，秋也不会再回头了。

秋过腻了这山里的苦日子。

秋来到城里，找到了笋，对笋说，你在城里挣了钱，帮帮我吧。

笋说，你想干什么？

秋说，咱农村出来的，不怕苦，啥事都行。

笋说，你先找个地方住下，这城里也不是满地金子，任你捡，还得等时候。

秋说，那得多久？

笋说，没准。

秋的心就悬着了，但她只好先住下再等笋回话。

在城里，秋只有竽这个熟人。

两天的时间，秋没事，心里慌。

秋又找到竽。

竽问，想家不？

咋不想？

想山娃不？

想。

竽说，这城里啊，就是混。竽骂了句，又说，秋，你等着，我再看看。

秋没事，只觉得心里慌。

秋憋不住了，上了街。秋看着这城，就看到了一张张喜悦的脸，又看到了一张张嬉戏的脸。那脸和竽的不一样，而且越看越觉得和竽的脸就是不一样。

秋感到好笑，她笑自己这就成城里人了。她甚至想找一面镜子，也看看自己的脸，看自己的脸是不是和城里人的一样，看自己是不是真的就成城里人了。

秋想着不觉地笑出了声，自言自语地说，山娃呀山娃，看你整天愁眉苦脸的，你也不来看看人家城里人，多开心。

秋——

秋一惊，停下脚步，回头看到了正朝她笑的竽。

秋看了一眼竽，又不敢看了。竽穿的，两个奶子都在外面了。竽旁边还挽着一个男人。

竽还笑，上来拉秋。说，正好秋，这是覃老板，走，上去坐坐。

还没待秋表态，竽就一把拉上了秋。

秋没到过这地方，就觉得闷。

竽显然是很熟了。竽朝穿旗袍的细腰咕噜几下，屁股还没坐热乎，就招呼了覃老板一声，又冲秋笑了笑，出去了。

覃老板望着秋，点燃一支烟，也是笑。

覃老板笑的时候，露出了两排发黑的牙齿。

秋就觉得覃老板的牙齿和山娃的一样黑，但覃老板的笑和山娃的不一样。

秋不说话，也不抬头。

倒是覃老板问秋，想什么呢？

秋就不知所措。

想家啦？

嗯。

家里都有谁呢？

山娃。

覃老板说，山娃，这名字纯，好听，好听。

秋就感到有一只手伸过来了，又有一股烟味直朝鼻子里蹿。

秋感到心里打鼓般地跳，伴随着牛拉犁般的喘息声。

秋猛地抬起头，又静死了。

啪！干什么呢？你——

秋跑出来时，在门口看到了竿，竿的两个奶子都露在外面，旁边还挽着一个醉歪的男人。

活　法

　　在穷乡僻壤的小山村，木二根是条把地种得呱呱叫的大块头汉子。这几年，村里的年轻人进城打工，每逢节假日常带回来一些与款爷、吊带裙、不夜城之类有关的逸闻趣事，木二根每次都听得津津有味，也想进城。可木二根爹娘反对，木二根心里就像系了个牛疙瘩。

　　同湾叫小莲的姑娘进城没几日，回村时便红唇粉脸黑眼皮，戒指项链大耳环，走路时一摆一扭，神气得飘飘然的样子。她还调侃木二根，城里哪儿都有事做有钱赚，可像你这样的老实砣子，就是进了城，也没得事做，说不准会饿死。

　　木二根回到家里闷闷不乐，睡在床上像头死猪，三天没进一粒米，直把爹娘急得涮眼泪。

　　这天，木二根终于开口了，干巴巴的一句话让爹娘丈二和尚——摸不着头脑。木二根说，爹娘，咱想换个活法。爹娘愣了，啥，咱祖祖辈辈耕田打耖结婚生崽不是都活下来了，你小子想换个啥活法？简直是疯了说胡话。木二根听了，如醍醐灌顶，猛然坐起，嘴里念念有词，活，活，活……便恍恍惚惚地在村里来回走动。

　　忽一日，木二根在村里消失了。木二根爹娘找来邻里把堰塘沟洼找了个遍,怕他投水上吊找活法去。其实,木二根进城到了一家搬家公司打工。由于他身体壮,力气大,搬得多,又从不叫累,经理十分满意,还让他当了个小组长。

接到任务,木二根领车带人赶去。门开着,女主人还在清理什物,女人一抬头,这不是小莲吗?小莲略微迟疑,马上热情招呼木根。可木二根言辞切钝,只顾让大伙儿快动手搬东西。

要搬的东西并不多,很快就完了。大城里不住,搬到这郊野干啥?木二根心想。车在一欧式建筑屋前停下,红墙琉璃瓦,雕龙刻凤,显然非一般富豪。木二根跨进门第一步就感到凉风拂面,看那房子,灯火通明赛皇宫宝殿,静谧幽暗又似魔幻迷宫,金枝玉叶天仙女般的小莲住在这富丽堂皇的金銮殿似天意所造,又不可思议。木二根想和小莲搭讪几句,讨点城里做事的乖巧,却一直未开口,倒是小莲说,有困难可以来找她。

春节快到了。加上经理给他的奖金,木二根也成了万元户。回家过年时,他想约小莲同行,万一小莲不回去也好给她爹娘带个口信。于是,他到了那所豪华住宅,门锁着,木二根用力敲。一会儿,一位风姿绰约的少妇把门开了条缝,朝门缝外半吼着,敲什么敲,吵死人了!木二根赖着脸打听小莲,谁知少妇怒道,她死了,死回她的山沟里去了,该死的小妖精,敢勾引我老公!说完门砰地关上。木二根愕然。

回到村里,木二根没有见到小莲。

村里人们的脸上依然挂满辞旧迎新的喜悦。

娃儿脸

大葱结婚了。大葱想，我一定要腊梅给生个儿子。

大葱是吃百家饭长大的孤儿，直到现在，大葱都不知道自己的身世。听村里人说，二十四年前的一个冬天，大葱被一床单薄的棉被裹着放在雪地里，是村里的一个老婆婆听到哭声后捡回家的。可大葱还只十一岁，老婆婆就去世了，大葱就靠给村里的人帮活儿，东家一餐，西家一顿，慢慢地长大。十六岁那年，村里的一个泥瓦匠把大葱带到了建筑工地，大葱才结束了吃百家饭的历史。后来，大葱跟着泥瓦匠学手艺。

腊梅是泥瓦匠的独生女，参加了两次高考也没考上就回了家。大葱做梦也未曾想过腊梅会看上自己，做梦也未曾想过自己会娶到腊梅。因为无论哪一条，自己都是不能和腊梅相比的，况且自己是人人都知道的穷光蛋，除了一间破旧的土坯房外，一无所有。

可腊梅就是喜欢上了大葱。自从当上泥瓦匠的徒弟，大葱就时常到泥瓦匠家帮些活儿，也从未在意过腊梅会对自己有个什么好感。大葱只是觉得泥瓦匠带自己学手艺不容易，不帮忙做点事儿就对不住泥瓦匠。去了几次之后，大葱就觉得腊梅常用一种异样的眼光看自己，而且总是冲自己笑。起初大葱觉得那眼光和笑让自己很不自在，很不好意思，后来，大葱就觉得那种眼光和笑里好像有一种让人心旌摇荡的东西。

于是，大葱也就跟着腊梅笑。还问腊梅，为啥笑？

腊梅说，我看你都二十几岁的人了，还像个娃儿脸。

大葱就羞红了脸，低下头，做自己的事。

那天，泥瓦匠没事，大葱自然也没事。泥瓦匠和媳妇一早就上街赶场去了，大葱来到泥瓦匠家，腊梅正梳头，看到大葱来了，就甩了甩一头的秀发，冲大葱笑。还冲大葱喊，娃儿脸，过来，快过来——

大葱就跑过去，问，啥事急？

看你呆的，快把发卡递给我。

大葱就顺手在凳子上面拿了发卡，递给腊梅。大葱的手就像触上了电流，发卡掉到地上了，腊梅的手却还在大葱手里。

大葱慌忙松开手，他就看到腊梅的脸红了。

腊梅边笑边捡起地上的发卡，说，娃儿脸，娃儿脸——

大葱不好意思地低下头，也哧哧地笑。

过了一段时间，泥瓦匠把大葱叫到了里屋。大葱从里屋出来的时候，耷拉着脑袋，在大门口碰着了腊梅，没敢抬头看腊梅就走了。

大葱仍和泥瓦匠一起出去做事，但大葱再没到泥瓦匠家帮活儿。

腊梅觉着奇怪，就去找大葱。大葱说，我这些天有事。

腊梅问，有啥事？

大葱就没话说了。

可腊梅就是不依，你到底有啥事？到底有啥事？

大葱就说，师傅说这些天做事挺累的，让我在家好好休息，就别到你们家帮活儿了。

腊梅就说，爹是啥意思，你不去，那我天天来。

腊梅说到做到。泥瓦匠没法子，又把大葱找到里屋，等大葱刚从里屋出来，腊梅就跟着大葱来到了那间土坯房里，不回去了。

大葱就急得跺脚，腊梅，我求你了——

腊梅转身跑了出去。

泥瓦匠没能说服腊梅，最后只好在腊梅表明自己的想法后，同意了大葱和腊梅的婚事。但在他们办理结婚登记之前，泥瓦匠又将大葱唤到里屋谈了好半天，还交代了好些事情。

大葱和腊梅结婚后，腊梅在村头开了家经销店，大葱仍和师傅做事，俩人过得挺好。过了一年多，腊梅因为难产大出血，经过医生紧急抢救，及时施行剖宫产手术，产下了个胖胖的丫头，医生说，腊梅的生命虽然保住了，但今后不能再生育了。

半月后，大葱将腊梅母女一接回来就跪在泥瓦匠面前，说，师傅，我对不住您，我本来是想一走了之的，可腊梅她——，我不忍心让您为您最疼爱的女儿伤心。我是孤儿，您给了我父亲般的爱，没有您，就没有我的今天，能做您的上门女婿是我求之不得的事，可我没能给您添个孙子，而且再也不能给您添孙子了——大葱说完，就不停地抽泣。

泥瓦匠叹了口气，从里屋走了出来。

大葱跟在后边，来到了腊梅的床前，静静地立在那里。

腊梅挺起身子，低下头笑了笑，说，爹，您过来看，过来看看，这小丫头，这小丫头的娃儿脸还真像她爹。

泥瓦匠俯下身子，将小丫头抱起来，笑着说，这小丫头，就像个小子，嗷嗷叫的，娃儿脸还真像她爹呢。

泥瓦匠抱着小丫头，转身在小丫头脸上亲了一口，对大葱说，大葱你看，这小丫头，像不像你的娃儿脸——

大葱看到了泥瓦匠的笑脸，也看到了他眼里溢出的泪。随即，大葱也笑成了一张娃儿脸，泪也泉涌了出来。

女人留不住

水牛从街上回来的时候遇到了一个女人。

水牛和女人同路，女人走在前面，水牛走在后面，女人的脚步不急不缓，屁股一扭一扭的。水牛跟在后面，看着女人扭动的腰肢，就有一种心咚咚直跳的感觉。

水牛的步伐自然要快些，一会儿后，水牛听到了女人很有节奏的脚步声。水牛觉得女人走得太慢，想跟上去走到女人前边，但又怕看不到女人细腰肥臀扭出的节奏。于是，他就放慢脚步，和着女人脚下那双白色高跟鞋发出的动人音乐，跟在女人后面。

水牛感到自己是很幸福的人。

前面是宽阔的县河，水牛的家就在河对岸。快到河边时，女人不知怎的突然蹲了下去，双手捂着肚子，哎哟哎哟直叫，很痛苦的样子。水牛迟疑了一下，但没有停下脚步。

女人低着头，捂着肚子一声接一声地叫。

水牛走过女人身边的时候，本想看女人一眼，但他还是没看，因为自己不认识女人，再说自己口袋里也只有准备给娘抓药的钱。

水牛刚走过去，就听见女人叫的声音好像更大了。水牛心里咯噔咯噔的，隐约自己的肚子也跟着疼了起来。

水牛感到女人的叫声似乎变成了求救信号。

水牛折回脚步，站到了女人面前，壮着胆子问，怎么啦？

女人没有回答，仍然捂着肚子叫，豆大的汗珠从女人脸上滚落下来。

水牛蹲在女人面前，女人的手就搭在了水牛背上。水牛背着女人来到大路边，拦了一辆车将女人送到了医院。医生说要马上动手术，水牛从口袋里掏出准备给娘抓药的钱，帮女人付了挂号费和医药费。

女人的手术做完了，水牛问医生女人得的是啥病？

医生说，急性阑尾炎，幸好送来得及时，要是再晚一会儿大出血就不好办了。

水牛心里一阵发慌，我的天，这病咋就恁严重？

女人并没有告诉水牛她是哪里人，女人只对水牛说，我受骗了，连钱和自己的身子都赔进去了，我是坏女人，你不该救我。女人说这话的时候，满脸的痛苦，满脸的悔恨。

水牛的家庭条件很差，三十多岁了，还是光棍一条。水牛的父亲在他小的时候就去世了，娘长期有病要治，家里除了两间土屋外，几乎一无所有。回到家里，水牛对娘说，准备给您抓药的钱被小偷弄跑了，这几天正在一个建筑工地上做工，过两天结了账再给您去抓药。其实，水牛这几天找了原来欠他钱的几个工头，死磨硬缠地要了钱，给女人交了住院费。

水牛照顾了女人十来天，女人可以出院了。水牛帮女人办完出院手续，掏出仅剩的一百元钱递给女人，说，喏，拿上，回家去。

女人望着水牛，眼里的泪唰唰地流了下来。女人哽咽着说，大哥，我没地方去。

水牛沉默了。

女人跟着水牛回家，过河的时候，水牛看到女人呆呆地看着并不湍急的河水，眼里又有了泪。

女人跟水牛来到了他那两间土屋里，水牛娘见水牛带了个女人回来，笑呵呵的，精神好多了，病也好多了。

女人在水牛家养病，白天很少出门，晚上和水牛娘睡一块。水牛娘问了女人很多事，女人什么也没说，只说水牛真是个好人！

女人慢慢地就知道，水牛娘最大的心愿就是想让水牛娶上媳妇，自己抱上孙子。过了一阵，水牛娘觉得女人是个不错的女人。吃饭的时候，水牛娘就试着问，你们打算——

水牛知道娘的意思，马上说，娘，我不是跟您说了吗，人家过两天就走。

女人没吭声。

水牛娘又看着女人说，噢——，那咱闺女咋没说呢？

女人的脸红了，水牛觉得女人红红的脸蛋更好看。

夜晚女人和水牛睡在了一块。女人心事重重地躺在床上，任水牛把她的衣服一件一件地剥开。当水牛的手抚上女人奶子的时候，他再也抑制不住内心的激动。可这时女人好像受到什么刺激一样，猛地转过身去，啜泣起来。

水牛不好意思地躺到女人身边，说，是俺不好，是俺不好。

水牛越说，女人就哭得越厉害。

水牛不知所措地劝女人，劝了好一会儿，不知不觉地就睡着了。

第二天，当水牛起床的时候，女人已经不在身边了。在床沿上，水牛看到了一张纸条和一张存折。水牛虽然只念了小学，但纸条上的字他还是认得。纸条上写着：水牛哥，你是好人，我说过你不该救我，我是一个靠姿色骗财营生的卑微女人，当我万念俱灰在准备去投河自尽的路上，你救了我，你让我感受到了这世上还有像你这样靠得住值得爱的好男人，但我不能连累你。留下这五万块钱算是我对好心人的回报，今生无缘分，来生做夫妻！

水牛看完纸条，顾不得穿上衣服，就朝渡船码头跑去。

河边，水牛看到了女人那双能奏出动人音乐的白色高跟鞋。

水牛长吼一声，跪在河滩，眼泪就顺着面颊不停地流了下来。

城里的钞票

三斗走在街上，眼里满是花花绿绿的，却不是钞票。

进城前，三斗爹说，三斗娃，你看你人高马大的，到城里好好找个事做，只要肯出力，还怕挣不到钱？你爹这辈子算是和田死在一块儿了，爹听说城里人数票子都是一扎一扎的，说不定城里满是花花的钞票呢。

三斗想着爹的话，看着街上花花绿绿的各式招牌，突然，他的肩被人拍了一下，兄弟，干啥呢？

三斗回过头来，眼睛鼓鼓地瞪着拍他肩膀的年轻人，他根本就不认识年轻人，也不知道说什么好。

年轻人马上笑眯眯地向三斗道歉，兄弟，对不起，认错人了。

三斗看着年轻人坐上另外一个年轻人的摩托车走远了。

三斗走向一个卖冰棍的老头，想买一支，可当他把手伸进口袋的时候，口袋里什么也没有了。三斗气得直骂，狗日的，把老子的钱扒跑了。

三斗已身无分文。

三斗觉得城里并不像爹说的那样，满街都是花花的钞票。刚进城，不仅没有挣到花花的票子，连自己带来的几十块钱都给扒跑了。

三斗气愤地往回走，横过马路的时候，一辆红色小轿车嘎的一声从他身边擦过后又马上停了下来。

"妈的，找死啊。"三斗还未开口，小车里便传来了骂声。

这时，三斗的气就不打一处出来了："把老子的膀子弄伤了，不赔钱，老子今天就和你没完！"

三斗说完，一拳擂在了小车上。

司机冲下车来想和三斗干仗，但看到三斗人高马大的身板，鼓得灯泡似的双眼和一双紧攥着的拳头，马上笑盈盈地说："兄弟，我赔你钱，你说个数？"

"赔多少，你看着办！"

司机仍是满脸的笑，"兄弟，上车，我给你到银行取钱去，要多少我给你取多少。"

三斗看到司机矮小的个子，并不可怕，好像也很诚恳的，就上了车。

司机从银行出来，递给三斗两沓钞票，说："兄弟，两万，够不够？"

三斗看着司机递过来的两沓钞票很惊讶，却不敢伸手去接。

司机将钞票扔在座椅上，又从口袋里掏出一张名片递过来："兄弟，我是星球建筑公司的老板，姓毕，如果愿意，非常欢迎你到我公司来工作！"

"什么？到你公司工作？"三斗没吱声，但心里暗暗高兴。

还未等三斗表态，毕老板就将车一直开到了星球建筑公司办公楼下。毕老板对三斗说："请你到保安部上班。"

三斗做梦也未想到还有这么好的事等着他。

以后的日子，三斗就陪着毕老板出入高级宾馆，进出高档酒楼，参加各种应酬。三斗目睹了星球公司这家民营企业在毕老板的周旋之下业务一桩接着一桩，那花花绿绿的钞票啊果真就一扎一扎地往兜里装，让人看着都眼热。

年底，毕老板给三斗开了五万元的工资，另外还给了他一个红包。

三斗看着这一扎一扎的钞票，心里就乐得开了花。

回到家里，三斗把钞票往爹面前一掷，说："爹，您看，这城里的钞票果真是一扎一扎的。"

爹说:"我娃咋恁有本事?城里的钱是不是满街都是花花的?"

三斗说:"爹,城里的钞票多呢,花花的,是花花的。"

三斗就陪着爹笑。

三斗挺得毕老板的喜欢,毕老板每次出去办事都带上三斗。一次,毕老板带着三斗到一家单位去收款,这是一家长期欠款的单位,毕老板不知给他们说了多少好话,还和他们打了几年官司,款一直收不回来。这次毕老板带着三斗一来,这家单位的头头就用很诧异的目光盯着三斗看,三斗生就一副严肃的表情,看到生人就有握拳头的习惯。款自然很快就到手了。毕老板拿出一沓钱来给三斗,说:"这是你的报酬。"

毕老板的语气很坚定,丝毫容不得三斗推辞。

三斗得到了毕老板的重视,在星球公司的地位越来越高,不久就成了公司保安部的负责人。

这天刚从宾馆出来,毕老板接到一个电话后,就驾着车和三斗直奔建筑工地。工地上,两帮人握刀执棍想动武。三斗一下车就看到他们中间有一个年轻人就是扒他钱包的那个家伙,于是他很快就冲过去,吼道,小兔崽子,欺负到你爷爷头上来了,看老子今天怎么收拾你!三斗边骂边从地上拾起一截粗粗的钢筋。

年轻人见了三斗,扔下砍刀,一挥手臂,带着那帮人灰溜溜地跑了。

毕老板笑呵呵地走过来,踮着脚拍了拍三斗的肩膀,说:"三斗,我算没看错你!"

毕老板赶跑了原来的承包商,顺利地揽下了这项全市最大的建筑工程。但几个月后,在全市打击黑恶势力的行动中,毕老板被抓了。

三斗害怕,跑到家里想躲一阵,在爹面前,三斗把事情的经过说了,爹气得抖着两手,将三斗送回家的钱全拿了出来,说:"三斗娃,你咋能干这事呢?快跟爹去自首吧,爹不爱你这城里花花的钞票,爹要一个清白的三斗!"

三斗扑通一声跪了下去,哽咽着说:"爹,我对不住您——"

有根娶媳妇

　　有根从街上回来就喜上眉梢，一边哼歌，一边忙乎着手中的活儿。有根娘从屋里出来对有根说："你个砍头的，木料买好没有？还不快把家具打好送过去，都快三十的人了，还像个小孩子！"

　　"媳妇进门不是迟早的事吗？娘，您老就放心吧，这次是王八掉到粪缸里——臭死也跑不了。"有根停下手中拉得很欢的锯子，叫娘进屋去。

　　"有根他娘，恭喜啊，有根媳妇快进门了吧？"这时，村支书路过有根家门口。

　　有根只顾埋头拉着手中的锯子，一声未吭。

　　"哟，是支书，快进屋来坐，您看我家这个小砍头的，再过几天都成半老头了，一点儿也不着急，成心让我受气。"有根娘一边把村支书让进屋里，一边发着牢骚。

　　村支书瞟了一眼有根，对有根娘说："您家有根啊，有眼光，媳妇是邻村梯子家的吧，梯子可是我们这一带有名的主儿，能瞧上您家有根啊，那可是您的福气噢！"

　　"瞧您说的，我这人一生的穷命，有根他爹走得早，我一手把有根拉扯大不容易，我只想让有根找个贤惠的闺女，让我这把老骨头早点抱上孙子。"有根娘和村支书掏心窝地拉起了家常。

有根一把接一把地拉着锯子，边拉边抬头看了看娘，也看了看村支书。村支书就对有根说："小子呃，要把媳妇娶进门，这力该出！我当初到你婶子家可是什么事都做过呃，担过大粪、挑过草头、犁过水田，还喂过猪食呃。"

有根娘叹了口气，说："我家这个小砍头的，啥事也不晓得，人家要他打套家具他还不愿意。到闺女家去过两次，就说啥也不愿再去了，说到闺女家去一回就当一回奴隶！他叔，你说说看，像他这个鬼样子，哪个愿到我家来哟。"

有根放下锯子，喊了声娘，就坐下来喘着气。有根知道，娘年纪大了，话也格外多，再说，又碰上了热心的村支书，娘这一唠嗑，怕是难得收拢。于是，有根干脆放下锯子，想给娘提个醒。

娘瞪了有根一眼，依然没有丢下话头。

到了吃中饭的时辰，有根娘留村支书吃饭，村支书也没多推辞。吃完饭，村支书打着不太利索的舌头，对有根娘说："有根他——娘，到时候别——忘了让咱来凑——凑个热闹，喝——喝杯喜酒——"

村支书摇摇晃晃地走了。

有根将家具打起后，又请漆匠来做了油漆，足足用了半个月时间，在娘的反复唠叨之下才将家具送到梯子家。

梯子仍然对有根不屑一顾。梯子说："有根呀有根，要你打套家具是剜你的肉要你的命还是咋啦？"

有根知道梯子在这一带称王称霸的秉性，并没和梯子计较什么，只是待着不吱声。

有根办喜事的日子很快就定下来了。

有根娘专门请来了村支书，还雇了小车、锣鼓队和几名唢呐手，浩浩荡荡的迎亲队伍在村支书的带领下朝梯子家开过去。

当下午浩浩荡荡的迎亲队伍回来的时候，大家都呆住了，只见有根鼻青脸肿地从车上下来，陪着有根下来的还有头戴鲜花的新娘。

最后下来的是村支书，还是被人从车上扶下来的。

有根娘惊讶地问："我的天啦，这是咋回事？"

"梯子说，你有根是什么东西，还敢搬支书的老脸到我家来，俺闺女又不是嫁给他娘的支书！梯子只说了这一句话，那边的人就动起了手。"一个声音传到了有根娘的耳朵里。

有根娘听了一半，就抖着说，"这哪是娶——娶媳妇呀——"

有根娘就径直倒在地上咽了气。

第二天，村里的锣鼓声、唢呐声再次响起，村支书带着一帮人抬着一口大棺材，朝村头的坟地浩荡而去。

有根在送走娘后，就从村里消失了，直到现在也没有谁见到过有根。

我怎么就像个小偷呢

从木桂知事时起，他就把两条"涕龙"当顿饭的事扎在了心里。木桂也就知道，因为兄弟姐妹多，家里穷得连买片瓦盖屋漏的钱都没有。

木桂没读几天书就辍学了，成天东游西逛，干些偷鸡摸狗的事儿。当他偷到胡木匠家的时候，胡木匠不仅没有把他怎么样，还让他做了自己的徒弟。木桂根本就没想到胡木匠会对他这样，心里就有了一种歉疚感，于是学起手艺来也就格外专心，格外能吃苦，平常师父师母的叫得勤，胡木匠和妻子就夸木桂是个既聪明又勤快的好徒弟。胡木匠的家庭条件是村里比较好的，看到木桂一副寒碜的模样，心里很难过，胡木匠就和妻子商量，让木桂住到了他们家里。

胡木匠的手艺挺傲，可胡木匠和妻子结婚后一直没有孩子。在木桂过来学手艺后，胡木匠和妻子慢慢地就把木桂当成自己的亲儿子看。胡木匠教木桂学手艺也是毫无保留，把自己能教的几乎全教给了木桂，按当地的俗话说，合罐子都涮了出来。木桂的进步很快，只学了不到两年时间，就把师傅的手艺学了个八九成，成了师傅胡木匠的得力助手。看着木桂差不多能够顶替自己把活儿干好，胡木匠就在一旁吸着烟，高兴地笑。

可这样的日子过了不到一年，胡木匠就得了绝症，几个月时间就走了。师母伤心欲绝。料理完师父的后事，木桂就向师母告别。

　　木桂对师父师母非常感激，他真没想到师傅突然就这么走了。他深深地记得师父生前说的话，学成文武艺，志在走四方。于是，木桂来到县家具厂打工，虽然家具厂效益不好，但木桂凭自己的手艺，在家具厂加班加点，每月还能够挣六七百块钱的工资。木桂把挣来的钱寄二百块给师母，寄二百块给父母，自己仍过着艰苦的生活。

　　那天，木桂到邮局去给父母和师母寄钱刚出来，就碰上两个年轻人抢了一位中年男子的手提箱逃窜，刚跑到木桂面前，木桂就一个健步上去，将其中的一个扑倒在地，在众人的帮助下，两个窃贼被抓住了。被抢的男人走上来，使劲地握着木桂的手，说谢谢你的啦，你这个年轻人真是勇敢的啦，我真不知道怎么谢你的啦……这个时候，电视台的记者来了，把男人用双手紧握木桂手的镜头拍了下来。

　　晚上，木桂才从电视上知道，原来那个被抢的男人是广东来的一位老板，是专门到这里来投资办厂的。

　　老板打听到了木桂是县家具厂的一位普通木匠师傅，就来到家具厂看望木桂。当着陪同的县领导，老板表示这次的投资就定在县家具厂，不管花多少钱也要把县家具厂盘活。老板说，尽管这里的治安状况让人担忧，但家具厂里有像木桂这样好人品的人，还是放心的啦。从此，县家具厂从国有变成了民营，木桂理所当然地被作为技术人员留了下来。

　　大概是因为木桂有一手木匠活的手艺，老板对木桂也格外器重，把整个制作车间都交给他负责。木桂天生是一副干活的料，不管是国有厂也好，还是私营厂也好，他都是不折不扣地干好自己该干的活儿。

　　这年头，好多事都让木桂琢磨不透。照样是这个家具厂，过去年年亏损，可到了广东老板的手里销路就不愁了，而且很快就走出了低谷，开始赚钱了。老板给木桂每月开了两千块钱的工资，另外在年底还给了他一个五千块钱的红包。这年，木桂第一次有了富裕的感觉，尤其是拿着老板给的红包，木桂感到心里甜甜的，高兴。

拿着钱，木桂想到了父母，想到了师傅师母。没有父母，就没有他的生命，没有师傅师母，也没有他的今天。木桂揣上工资和奖金，搭上了回家的班车。

木桂扎扎实实地在车上睡了一觉，车就到站了。从车上下来，木桂感到浑身轻松。

可当他把手伸进内衣口袋的时候，口袋里的一万多块钱不翼而飞了——

木桂匆忙跳到车上，问司机。司机说，小伙子，半路上那几个小伙子不是和你一起上车的吗？我还以为你和他们是一条道上的呢——

木桂摇了摇头，自言自语地说，我怎么就像个小偷呢？

失败是美好的

自古以来，胜者王，败者寇。王林大学毕业后就一直想为王做强者。刚到机关时，与他一同分配来的还有大学生张京。无论是文凭，还是年龄，可以说不论在哪个方面，两人都是难分伯仲，不相上下。他俩在工作上也是认真负责，凭着实实在在的工作能力很快成了机关的顶梁柱，也成了竞争对手。

王林当上办公室主任的时候，张京也当上了业务科长。王林作为办公室主任自然跟领导跑得多，再加上王林脑袋瓜子活络，深得领导赏识。张京作为业务科长，虽然是单位里的业务骨干，但由于活动范围有限，似乎就没有王林那般活跃。业务科里有县委书记的外侄女小琴，小琴虽然长得不俊，但眼光还不低，非要找一个有文凭、有外表、有气质的男朋友，有好多人给她介绍男朋友，她是一概回绝，从不赴约。张京在科里对小琴非常体贴和爱护，慢慢地两人就擦出了爱情的火花，再加上年轻的小琴哪里挡得住张京日益猛烈的爱情攻势，不久就成了张京爱情的俘虏，两人确立了恋爱关系。有了这层关系，局长对张京也不敢有丝毫马虎，张京被推荐为单位重点考虑的后备干部。

不久，单位的一位副局长退休，原本呼声很高的王林没有被提拔上来，张京却成了接班人。也就是在张京上任的那天，张京和小琴领取了结婚证，可谓双喜临门，美不自禁。婚宴上，张京挽着小琴，就好像依傍着一棵大树。王林的心里一种莫名的失落感油然而生。那天，张京和王林都喝得酩酊大醉。大醉后的张京说："我是什么东西，是鸟，是只小鸟，歇在了高枝上；你是什么东西，是粪，是摊牛粪，屙在了大路上。"大醉后的王林也说："我是什么东西，是鱼，是条搁浅的鱼，鱼游浅水遭虾戏；你是什么东西，是菜，是白菜，种在肥地里当然会茁壮成长。"说完，俩人哈哈大笑。笑出泪来的王林摇摇晃晃地回到宿舍呼噜呼噜睡了一觉。

张京当上了领导，人气指数自然旺盛，有不少人替王林惋惜。而王林说当官发财、幸福快乐听天由命，顺其自然的好，只要努力了，在乎什么，有时过程比结果更重要。王林仍然像往常一样，只要是领导交代的事仍然认真负责地干好，仍然兢兢业业地完成，就连拎包包、开车门、倒开水这样的事情，王林对待张京就像对待其他局长一样。起初，张京劝王林，但王林说得在理，王林说你当局长在外面并不是代表你个人，而是代表单位，代表一个集体，没什么不好意思的。时间长了，张京也真就觉得没什么不好意思的了。

有人说王林窝囊，王林听了，并不言语，只冲人笑笑。

俗话说，多年的媳妇熬成婆。时间一天天过去，王林仍然勤勤恳恳、四平八稳地当着办公室主任，仍然是打开水、拖地、写材料，不知疲倦，从无懈怠，而张京却是整天进酒楼、赶饭局、泡酒吧、战牌局，慢慢养成了高高在上，颐指气使，哼哼哈哈的习惯，人们戏称他是拍脑袋决策、拍胸脯表态、拍屁股走人的"三拍"干部，在群众中的威信自然受到了很大的影响。这几年，王林没有熬成婆，却娶了个漂亮又贤惠的好老婆，张京实实在在地熬成了婆，却熬成了遭人唾弃的"官婆"。熬成了"官婆"的张京没能抵挡住五彩缤纷的诱惑，便下水了，直到包二奶的事被小琴发现了，贪财的事又东窗事发，原本健康的身体就像一台长期超负荷运转的机器，不是这儿出故障就是那儿出毛病，就连他自己都说"心"都坏了（心脏出了毛病）。这一切搞得张京危机四伏，整天长吁短叹，十分苦恼。

来到王林的办公室，从来不吸烟的张京一支接一支地吸着烟。

王林说："你是成功者，我是失败者。"

张京说："你是成功者，我是失败者。"

王林说："成功和失败是相对的，但成功总是美好的。"

张京说："如果早知道是这样，我宁愿相信失败是美好的。"

让

你是你，这我知道。我是我，这你知道。你和我打小学就是同学，到大学还是同学，这你我知道。

大学毕业分配到同一个单位，又被安排在了同一个科室，这大伙儿都知道。而且大伙儿都知道你和我工作都很卖力气，办事都很讲义气，在单位都很有人气。

你和我是一对铁杆儿的同学加同事。

也许头儿就是这么认为的。好些年来，我和你都是在头儿的领导下好好过来的。头儿说，有你们俩做我的帮手，我的工作轻松又愉快。

可头儿马上就要过年龄杠杠了，退下来已是铁定的事。

头儿也很明智。头儿请你和我撮了一顿，酒后，头儿向你和我表露了一种无可奈何。头儿说："你们俩都是能干人，现在都是单位的中坚力量，你们俩跟我共事受了不少委屈，到现在还是办事员，我真是于心不安啊。不过，不是我不想你们俩进步，也不是我官瘾大怕丢权，更不是我不想把这个带长的位置交给你们，而是名额有限，所以科里这些年来就我一个带长的，你们应该能够理解我这完全是从工作角度出发的。领导和我谈过，我也找领导谈过，最后还是我尊重了领导的意见，领导也听取了我的想法。我下了，科长的位置只有一个，你俩争取吧。"

你和我都很尊重头儿，也很理解头儿，难得头儿吐真言嘛。

你和我都很重视头儿的话。头儿嘛，谁不想当！

我和你在一个科室，当然得天天见面。见了面，你说让我来当科里的头儿。那哪能呢？你当头儿就不行吗！我说。

你说你要找头儿的头儿好好谈谈，科里的头儿让我来当。

我说我也要找头儿的头儿好好谈谈，争取把你给推上去。

于是，你说到做到，找了头儿的头儿后对我说，头儿的头儿说了，会考虑你的想法的。我也决不食言，找了头儿的头儿后对你说，头儿的头儿说了，会考虑我的想法的。

不久，新头儿出来了。

新头儿既不是你，也不是我，你和我感到云里雾里的，很尴尬，很迷茫。

你和我相约来到酒吧，说今儿个要一醉方休。正喝得晕晕乎乎的，就听见隔壁包厢里传来声音："那俩小子明里推来让去的，暗地里不知卖的啥药？""这么多年了，我还不知道，那俩小子，一个人似的，关系不正常！""噢，该不是在搞同性恋吧——"接着传来头儿的头儿、头儿和新头儿三人肆意的笑声。

顿时，你我就愣了眼。

我瞪了你一眼，一拳擂在了桌子上，妈的，看我不揍你——

你也毫不示弱，一拳擂在了桌子上，妈的，看我不揍你——

原　则

　　乡办果品厂说垮就垮了。许多职工不满意，到县委上访。县委负责接待的秘书给了个"调查实情，公开答复"的态度，才把上访的人员说服。

　　县委秘书带着调查的五个问题找到了乡长。

　　"厂垮了，厂长为什么还调任工办主任？"

　　"前几年果品厂是我乡的骨干企业，生产的各类果品在市场上有较高的占有率，创造了一定的效益。为了上规模，厂长建议乡里集资一百多万元进行了技术改造。虽然引进的设备是'二手货'，经常出故障要维修，但厂子垮是多方面原因造成的。考虑到厂长在市场风浪中搏击多年，有丰富的经验，安排个工办主任，人家还觉得亏呢。"

　　"业务副厂长大厂养小厂，揩集体之油，肥个人腰包，为什么不处理？"

　　"业务副厂长主管业务多年，关系熟，路子通，当初由于产品俏销，业务厂长自个儿办了个厂，挂靠果品厂销售产品，巩固了客户关系，也为厂做了贡献。拆借的几十万元公款，已经还了。"

　　"还有那个业务员，挪用货款做私家生意？"

　　"还了，人也被开除了。"

　　"财务科长用公款放高利贷。这问题还不严重？"

"这事已经调查过了，问题没那么严重，而且归还了全部款项。"

"最后问一下乡长，像这样一堆柴火几头扒，你作为一乡之长有责任吗？"

"有。那我就实话说了吧，厂长的安排是党委书记的意见，业务副厂长的处理是上面打过招呼的，业务员是分管工业副书记的堂弟，财务科长不是调查处理了吗？还有……"

"那你……？"

"一个跳蚤顶不起被子来，少数服从多数，这是组织原则，谁敢违背？"

乡长说完，起身摊开两手，做了一个十分无奈的姿势。

推介艺术

为了吸引更多的客户，公司准备开一个产品推介会，我作为筹备组一名普通的材料员负责所有产品推介材料的起草。我花费了几天几夜的时间来完成这项艰巨的工作任务，如实地把所要推介的产品一一写成了单行材料，材料交给筹备组的时候，负责材料这块的副总经理还直夸我的材料写得大气，产品推介得具体，数据罗列得翔实，具有很强的吸引力。

于是，材料很顺利地送到了总经理手里。总经理在看完材料后，打电话将我叫到办公室，沉思了好长时间才说："文字写得不错，但感觉还是有点问题。你看这个，我们刚开发的产品，尽管只是在过去基础上做了一点点包装上的改进，你怎么就说它只是'改进产品'呢，你要说这个产品是我们投入巨额资金、采用高科技生产出来的具有保健功能的更新换代系列产品之一，其他产品将陆续面市。"

总经理用一个指头敲了敲桌子，又抬起头来看了看我，将材料翻到了第二页，接着说："还有这个产品的数据问题，产品的销路是有点不理想，但还不至于亏本嘛，你怎么能只写这么点儿，客户又不会去查咱们的财务账，我看在后面再加两个零，这样才能证明咱们产品的市场份额和市场前景，才能更有吸引力嘛！"

　　总经理说着很快将材料翻到了最后一页，用两根手指夹着材料抖了抖，说："还有，这个产品尽管还没有投产，但也不能这么写，要说我们已经进行了试生产，而且第一批产品投放市场以来，受到了广大消费者的青睐，目前已经接到了十多份大额销售订单，公司正全力以赴组织生产。"

　　按照总经理的意思，我将材料进行了反复斟酌与修改。我似乎看到了总经理的远见卓识和非凡魄力，但我又担心像这样一份夸大其词的推介材料在如此大规模的产品推介会上会不会引起客户的疑问和警觉，一旦露出马脚会不会产生负面影响。

　　但出乎我意料的是，产品推介会开得特别好，客户对我们公司推介的产品都倾注了极大的热情，一大堆的生产合同也让总经理眉开眼笑。

　　我想，这大概是一门推介艺术吧。

礼　物

市长年届五九，为保持晚节，嘱咐家人，送礼者要一概拒之。可家人想到老头子在任时日不多，对市长的话置若罔闻，有时甚至是有来无拒。市长知道了，雷霆一番。可家人倒还数落他："你当市长，为人办事，与人方便，拿点报酬算什么？再说别人给的都是信息费、服务费、题字费、奖励兑现费等，有哪条法律规定不能要？"

市长不与之争辩。

等到市长生日这天，市长让家人都来热闹热闹。

落座开饭前，市长对家人说："今天我有礼物送给大家。"

家人好一阵高兴，心想，这礼物不是玉镯金链红包，就是欧元港币美钞。因此，个个都急着让市长快点将礼物拿出来。入席后，市长在口袋里掏了好一会儿，才掏出一张材料纸。

家人说，您要作报告啊，可作报告应在大礼堂，而不是在饭桌上，请您快将礼物分配情况给我们念念，让我们祝您生日快乐吧！

市长正了正身，又将材料纸在家人面前摆了摆，说："这就是我送给你们的礼物——辞职报告。当官当为民，而不应当是牟取私利的摇钱树，也不应当是损公肥私的挡箭牌！罢官与辞官，你们说哪个更体面？再说，要是坐班房、蹲监狱，我这张老脸往哪儿搁？我这把老骨头还能受那份罪？"

　　市长说完，将一盅酒一饮而尽。

　　家人全蒙了。

　　第二天，所有礼品尽数上交。

待　遇

前不久，笔杆子小张不经意把单位的收费情况捅天了。

这引起了上级的高度重视。为此，局长迅速召开党委会，研究对策。这不，上面的调查组来了。

局长刚开完会出来，立马笑脸相迎，烟茶侍候。

"那事儿你们都知道了，这可是典型啊！上面三令五申要治理经济环境，坚决制止'三乱'，有些单位就是有令不行，有禁不止。你们就说说这方面的情况吧。"调查组开门见山。

"是，是我们的错。上面的精神我们没有严格执行，没有很好监督，我向领导作检讨。刚才，我们已经开过党委会了，大家都表示，必须坚决纠正，坚决整改。"

"怎样整改？"

"在向上级写出深刻书面检查，责令有关人员停职反省的同时，成立收费监督机构，由小张同志负责。为了调动积极性，保证公正性，监督机构实行自收自支，独立核算，监督人员工资从举报奖励费中列支。这是对小张同志的政治鼓励，也是一项特殊待遇。"

"这……"

"这几条，我们坚决做到。"

慰 问

科长拿着下面报上来的花名册，带着县领导的意思，在镇领导的陪同下进村慰问。

可一到村就傻了眼，哪儿也找不着要慰问的人。问来问去，人家都说，你说的名字，压根儿就没听说过。

科长犯难了。这名册上不是明写着吗？工作了几十年，还真没碰到过这事，给钱给物没个主儿认了。

镇领导把科长带到民政办，一查一核，没错。怎么就没这个人呢，飞天了不成？

下午，在镇民政干事的陪同下，科长找到了村支书。村支书说："没错。上边分给我们村一个指标，我们村没这对象，可让指标白白浪费掉多可惜！还是村主任抖了个机灵，说二傻子他爹当过兵，也当过干部，虽然早就到阎王爷那里报了到，但属于慰问对象，大伙儿都同意，就把二傻子他爹给报上去了。"

科长听了，茫然不知所措。

这不是门头上挂席子——不像话（画）吗？

误　差

站长刚升迁，就有人打电话要给他送礼。这礼的分量还挺沉，是辆小车。

"喂，站长吗？小车搞定了。"

"什么小车？"

"就是您亲口说的那辆。"

"你是谁呀？"

"我是您刚来的部下。"

"你搞错了，完全没有的事儿。"

咔嚓，电话挂断了。

站长想，我上任时间不长，办事按程序，讲原则，歪门邪道的事从没做过，想轰我，没门！

第二天，单位小车来接站长出差，不巧出了点故障。站长只好陪司机就近去修。

只见一个小伙子两手油渍渍，脏兮兮，边修车边说："站长，昨晚给您打电话，咋就跟生人似的？"

站长一愣，就是这声音。

"没有啊，恐怕是你小子搞错了吧。"正在修车的老师傅既是回答又是质问，"你小子才来几天，老是站长长站长短的，我是个啥站长，尽瞎扯。"

"您的号码不是 8817729 吗？"

"屁。哪个爸爸要吃七两酒，不把人给灌死了，是 8817129（爸爸要吃一两酒）。"

站长一怔，原来那小子拨的是他家的电话号码。

站长长长地嘘了口气，抬头一看，映入眼帘的是块绿底白字招牌——"小车维修服务联络站"。

补 偿

乡长自从当上乡长后，收获颇丰。

一日，乡长送走了一位客人，攥上厚厚的红包，正高高兴兴地掂量着"分量"的时候，乖乖女儿突然跑过来，问："爸，您的心黑不黑？"

"什么？你说什么？"乡长显得很惊讶。

"我问您的心黑不黑？"女儿又重复了一遍。

"快到一边去，小孩子别在这儿瞎掺和。"乡长很不耐烦地吼道。

女儿讨了个没趣，边走边自言自语地说："我的一个数学题目做错了，想借灌黑色墨水的钢笔用一下都不给，真小气。"

乡长听到女儿的话，方才醒悟过来，忙从上衣口袋里抽出笔，说："来来来，乖女儿，拿去拿去，爸爸的'芯'从来都是黑的！"

乡长说完，又顺手从红包里抽出一张，说："喏，就算爸爸错怪你了，给你道歉，这是补偿——"

一号文件

会议室。椭圆形的会议桌。正副厂长围坐。

会议主题：讨论一号文件。

记录人：吴秘书

胡厂长："一号文件不仅是总揽全局的纲领性文件，而且是全年工作的指导性文件，制定好一号文件，意义重大。大家开始讨论吧。"

席副厂长："我看今年的文件关键在创新，创新符合时代要求，是潮流，是趋势，是发展方向。"

何副厂长："一号文件是管总的，所有文件都要服从的文件，我看主要是突出它的权威性。"

任副厂长："既然是一号文件，不仅内容上要翔实、细致、准确、完美，而且形式上也不能忽视，印刷也好，装订也罢，决不能给人一种马虎应付的感觉。"

（吴秘书记录：一号文件，很重要。）

胡厂长："今年工作的指导思想是用超常规的举措，创造超常规的成绩，各项指标都要有大的增长，增长多少呢？"

席副厂长："我管生产，产量比上年翻一番。"

何副厂长："我管销售，销量比上年翻一番。"

任副厂长："我管机关后勤一大摊子，具体的指标不太好定，也比上年翻一番吧。"

胡厂长："好，决心大，照这样，用一两年时间就可以再造一个厂。"

（吴秘书记录：一号文件，所有指标翻一番。）

胡厂长："最后说说具体措施。"

席副厂长："为了实现目标，必须增加一倍以上的技改和设备资金。"

何副厂长："为了完成任务，必须增加一倍以上的销售网点建设费和广告宣传费。"

任副厂长："为了搞好服务，必须增加一倍以上的日常开支。"

（吴秘书记录：增加投资一倍以上。）

胡厂长："生产部不是有两个车间未生产吗？"

席副厂长："是。"

胡厂长："销售部不是有三分之一的库存吗？"

何副厂长："是。"

胡厂长："后勤部不是又买了两部新车吗？"

任副厂长："是。"

胡厂长："从财务部提供的财务报表来看，去年亏损200多万。"

席副厂长、何副厂长、任副厂长："是吗？那——"

（吴秘书记录：无钱扭亏。）

胡厂长："生产车间满负荷生产，销售指标落实到人头，职工工资不再增加，大家要齐心协力，下决心完成去年的任务和指标。吴秘书，把去年的一号文件转发。"

席副厂长、何副厂长、任副厂长："同意。没意见——"

（吴秘书记录：转发上年一号文件。）

增收计划

A镇为了实现农民收入水平有较大幅度增长的目标，决定实行"五个一工程"的增收计划，即一人一猪，一户一牛，一园一果，一塘一蛙，一池一鳖。预计年人均纯收入可在上年基础上翻一番。

此计划气魄大，增幅大，项目具体，全镇人民为此付出了艰苦的努力和辛勤的汗水。

年终结账，该镇不仅未能完成增收计划，而且大多数农户因投入过大而负债累累。A镇的解释是，农民不会领悟上级精神，不会把握市场规律，不会运用科技知识，从而导致猪未生仔，牛未过犊，园未结果，塘未添蛙，池未增鳖，一切后果都是农民自己造成的，责任自担。

工作组组长

扶贫工作组进村了，一辆老式吉普车把工作组组长送到了村部。

支书反映，村里负债上百万元，千亩良田撂荒，还有大量剩余劳动力。提留难收，治安难管，问题矛盾多，经济状况差。

工作组组长二话没说，调查。

下午四时许，一农户门前人声如潮，四人一桌，鏖战正酣，旁边还有十余人围观助阵。工作组组长不知干啥，原来本地称之为"打晃晃"，谁赢牌谁下场，轮番上阵试身手，每次一根火柴棒。工作组组长走过去，只看不语。

类此几日后，村里千亩撂荒良田被确定为花生种植样板基地，上阵者人人有份，无一遗漏。村主任之媳也不例外。

不久，又一桩盗窃案件在村里传得沸沸扬扬。工作组组长一如既往地走村串户，对此似全然不知，只是夜访频繁。时隔几日，派出所在盗贼"出手"时逮个正着。村支书侄子被抓。

一月过去，村里议论纷纷。

村支书想，扶贫工作组不给钱，不给物，扶啥贫？不可理喻。

干部问，工作组组长不务正业，不思退路，不怕人家使绊儿？

群众说，工作组组长是狗拿耗子，管得太宽了。

果然，三把火还没烧完，工作组组长在不愉快的"板斧"中悄无声息地走了。

但几日后，工作组组长又回来了。会上，村民小组级以上的干部每人得了一大摞"招聘广告""招工信息"之类的"见面礼"，按工作组组长意见，挨家挨户发。于是，"打工仔""打工妹"逐渐成了村里的热门话题。

工作组组长的行为颇令人费解，问之，答曰："治乱，扶志。"说完微微一笑。

年终表彰，该村因风气正，抵牾少，发展快而榜上有名，工作组组长却因"不务正业"而名落孙山。

派　车

　　王大戏被拔擢为局办公室主任，并非与解局长有什么特殊关系，完全靠他过硬的文化水平和诚实中偶尔闪现出来的几分睿智。

　　前些日子，局里只有两位局长，解局长用车，柴副局长不争不要，柴副局长用车，解局长也礼让三分。

　　简副局长调来加强领导力量时，王大戏也在欢迎队伍之中，简副局长从那辆豪华轿车上下来时，解局长非常客气地和他握手，俨然没有生疏感。

　　不久后的一天早上，王大戏揣着煎熬了两整天两整夜的文稿送到解局长办公室，突然听到一个声音飘入耳际："一女不嫁二夫，这车是咋安排的？"

　　回到办公室，王大戏问司机车是怎么回事，司机将两张出车通知单递到他面前，说，我也不知道，你看，同一时间，同一地点。司机嗫嚅了半天，自言自语，我不知道咋办，况且车"病"了，我早就说过，小病不治终成大疾，这不，车"住院"了。

　　人说，三个女人一台戏。自从简副局长来了后就成了三个局长一台车。王大戏这两天连天连夜赶材料，忙昏头了，竟然开了两张一模一样的通知单，再说，本来最近这段时间，几位局长在用车的问题上就有些说法，这次不是明摆着在耍领导吗？幸好司机帮了这个忙，但王大戏仍然感到了事情的复杂和严重，就想马上把事情说清楚。

刚进柴副局长办公室，柴副局长正一个劲儿地将公文往包里塞："小王啊，我正要找你，可现在没时间，到时候再说。"

王大戏退出来时，心里火辣辣的。还没回过神来，就又走向了简副局长的办公室。却没见着简副局长。

解局长找王大戏已是几天后的下午。解局长说："明天我们几位局长都有事，请办公室派车。"

"给谁派？"

"都派。"

"咋派？"

"你看着办吧，下去抓紧办。"解局长一脸严肃，说完这话时，又像略有所思，但没给王大戏回答的余地。

王大戏心里咕咚咕咚，闷头走了。但他心里还是不明白，您解局长一向善解人意，怎么就变得强人所难了呢？何况单位只有一台车，这您是知道的啊，我王大戏可一向是尊重领导，工作第一的呀，您作为一把手都怕得罪两位副局长，这不是要我王大戏给您当替死鬼吗？

王大戏越想越没辙，越想越觉得蹊跷，反正您局长大人说了，我照办就是了，于是就下决心写了三张一样的通知单。

第二天一早，解局长就告诉王大戏："和我下乡去。"

"您……那柴副局长、简副局长他们……还有车？司机？"

"司机，在这儿呢。"王大戏这才看到解局长手中握着两张汽车票。

"那……"

"还那什么？走，不然就晚点了。"

王大戏紧跟解局长步伐，径直走去。

不谋而合

每次考核，齐科长都是无可争议的优秀。

但这次考核结果公榜，齐科长在不称职栏里有极其醒目的两票。

为这，齐科长几乎一夜未眠。

第二天，齐科长睡眼惺忪，打着长长的哈欠走进了办公室。

"方城苦，兜儿鼓，齐科长，昨晚又进账多少？"鲁副科长看到齐科长一副倦样，十分关心地问。

"还哪敢上牌局，公开栏上不是有意见了吗？"齐科长面无表情地说。

"齐科长得罪谁了？是哪个没良心的跟您过不去？我看这不光是在提您的意见，否定您的工作，而且是对我们科工作的否定，对我们科的侮辱。您是我们的科长，一定得琢磨是谁干的，这世道真是人心不古啊！"鲁副科长愤愤不平，情绪激动。

齐科长十分冷静地边起身边说："这事儿就别扯它了，那份上报材料还在打字室吧，我去看看。"

打字员小邱性格开朗，齐科长进来的时候，她正在清理文件。

"齐科长，眼圈都黑了，看嫂子把您给累的。"小邱开玩笑总是爱带点儿荤。

"都快成老柳树皮了，还哪来的兴趣，快把材料给我。"

"您写的材料才像老柳树皮，没有新鲜感。"小邱说着，嘴里还哼着"我拿青春赌明天"的小调。

"你可别拿青春赌领导噢。"

"别逗了，齐科长，我用青春赌您，讨厌！"

"不敢不敢，就是有贼心也没贼胆。有人在公开栏上给我提意见了，你不知道？"

"哪个缺德的，连齐科长这样的大好人都要吃醋，我要知道是谁，非臭他一顿不可。"小邱似乎比齐科长还委屈，"齐科长，您可不能放过了这号人，一定要留心观察，给揪出来，还要想办法报复报复，不然的话，把码头给让出来了，别人都跟鸡子上笼似的来臭您，您的大好前程不就毁了吗？"

"没那么严重吧？"

"您可别小觑，我可是在替您担心。"

"好好好。谢谢了！"

齐科长拿着材料走出打字室时，差点儿与进门的后勤科宫科长撞个满怀。

"哟嗬，齐科长，想问题啊，心不在焉。"宫科长说着，身子门板似的挡在门前，并没有让齐科长先走的意思。

"不好意思，抱歉抱歉！"

"得了，客气个啥，没精打采的，又熬夜吹牛皮了不是？"宫科长一向说话粗声大气，惹得齐科长反感。你宫科长管后勤吃够了喝够了抽够了玩够了，票票优秀称职当先进，还尽说些俏皮话，什么把胃献给了党，为党的事业决不推杯，什么抽烟就是纳税，工作就是喝醉，什么吃一顿海鲜等于办事方便，开一场舞会等于引进设备，等等。我齐某也是科长，写文章花了烟钱熬了眼皮，还被说成"吹牛皮""擂鼓皮"。这道理哪去了？

齐科长一直把宫科长当作莽夫，对他的挑衅并未理睬。

可齐科长刚坐下，宫科长就跟着进来了。

"我说齐科长，公开栏你看了吧，像你这样的'三老'（在机关大家都称齐科长是老黄牛、老好人、老实人）都有人和你过不去，我看那人是居心叵测，用心不良。"

"别人怎么看我，评价我，是他们的权利，身正不怕影子斜。没必要把事情看得太复杂吧？"

"哎，齐科长，想不到你也这么糊涂。现在的事儿说复杂就复杂，说简单就简单，有时复杂中有简单，有时简单中有复杂，有时复杂中有复杂，有时简单中有简单。你可别把复杂与简单搞混淆啰。"

"我可真不知道那票是谁给的，请你给简单简单。"

"这个……我可替你简单了，说到底一个字，'查'就是了，我的脑袋没你的好使，但我觉得上上下下，左左右右，方方面面都得想想，就这么简单。"

宫科长这么一说，真把齐科长给说得头昏脑涨了。直到快下班了，局长打电话让齐科长到他办公室。

"小齐啊，考核的结果公榜了，金无足赤，人无完人嘛。组织上已经找我谈过了，说你作为我们局的后备人才，在好几个方面有了进步，一个方面是你的原则性增强了，第二嘛，是你敢于得罪人了……总的来说，是你的老好人形象有所转变了。虽然有个别同志对你有异议，但全局绝大多数同志认为你是优秀的，所以组织上决定对你提拔重用。"局长和蔼的口气突然严肃起来，"你可知道还有一票是谁给的？"

齐科长低下头，又摇摇头。

想想，笑了。

与太阳同起同落

晨曦初露。

（马局长刚出差，就接到会计小林打来的电话，说是纪检人员到单位来把账全封了，而且还整天找人谈话，好像要网住一条大黑鱼。马局长接到电话，连夜赶回，直奔"私宅"。）

清晨，马局长再次将小林紧紧地搂在怀里，又是一番猛烈的疾风暴雨。喘息了好一会儿，小林说："跟你都好几年了，总是神神秘秘、偷偷摸摸的，像贼。"

马局长在小林的樱桃小嘴上亲了一口："本来就是贼嘛，你不承认？"

"你偷情，我偷人，当然都是贼。可我再偷也不会有谁把我从地球上开除掉，你要是偷丢了官，那才叫丢人又丢财，人财两空呢。"小林用她那纤细柔嫩的手抚摸着马局长的胸脯。

"那就好啊，一颗子弹，嘣，晃荡晃荡就完了，多快活！"马局长用手比画成一支枪，做了一个十分幽默的姿势。

"你晃荡了，我咋办？我才不愿意呢。"小林娇滴滴地在马局长脸上回敬了一口。

"你看看，够你花的了吧。"马局长从枕头底下拿出一张存折。

小林看了一眼自己的名字，露出了幸福的笑脸。

马局长伸了个懒腰，下床拉开窗帘，对仍然一脸倦意的小林说："宝贝，起床吧，你看，今天的阳光多好啊！"

日上三竿。

（为了改善办公条件，带动第三产业的发展，在马局长的提议下，局里投资兴建了一栋集办公、住宿、餐饮、娱乐于一体的综合性大楼——海天大楼。伴随着海天大楼的竣工，马局长也变得讲究起来：油光滑亮的头发，几十块钱一包的香烟，一身名牌的装束，进出高档酒楼，频繁更换手机，等等，这与马局长一向沉稳的做派有很大的差异。）

梳妆台前，马局长边刮脸边对正在描眉的小林说："到单位去看看，注意观察动向，随时和我联系。"

"能有啥动向，账都给撸走了，我能知道什么？"小林嗲着声音说，"你看我这眉描得好不好嘛？"

"好好好，妖眉！"

"妖眉镇邪呀！"

"好了，好了，到单位去有人问及，就说我在出差，啊。"

"你怕了？"

"怕什么？我让你按时去上班，一是可以了解一些情况，二是免得别人猜疑，越是这个时候越要表现得跟往常一样。查，尽管查，光查账有屁用，再说海天大楼的承建商屠老板已经在车祸中'光荣'了，这些事天知地知，你知我知，就是查到了什么，只要矢口否认，又有谁来做证？这叫死无对证，知道吗？"马局长显得很自信。

"知道。"小林拎着包走出"私宅"，沐浴着一路的阳光。

烈日当空。

（纪检人员早就做了大量认真细致的外围调查取证工作，掌握了马局长用转移支付、假证套取、暗吃回扣等手段大肆侵吞公款，并收受他人巨额贿赂的证据，在这次查账中通过进一步核实后，决定对其实行"双规"。小林从纪检人员那里得知此讯，迅速赶回"私宅"向马局长报告。）

"情况不妙，他们要抓你。"小林非常紧急地告诉正在看电视的马局长。

"什么？确凿吗？"马局长十分惊讶地扔掉手中的遥控器。

"哪会有错？是他们在财务室隔壁的小会议室里碰头时说的，我听得一清二楚。"小林非常肯定。

"抓我？凭什么？"马局长有些忙乱，额头上沁出了汗。

"他们好像掌握了证据，又好像还没有十足的把握。"

"我说嘛，他们能有把握吗？"马局长焦灼不安地来回踱着方步。一会儿之后，马局长又忽然想起什么似的命令小林，"快——快——赶快收拾一下，走——"

"为什么嘛？"小林看着马局长，疑惑地问。

"别问了，快，不然就来不及了。"马局长急得像热锅上的蚂蚁，脸上的汗唰唰地往下淌。

太阳喷火。大地如烈焰加热的蒸笼一般。

夕阳西下。

（其实，纪检人员已经盯上了小林，一上班就对其进行了监控，为了弄清马局长是否已经以出差为借口携款潜逃，快下班时，纪检人员故意给小林"漏风"，以观察她的动向。果不其然，在小林的"带领"下，纪检人员守候在了"私宅"门前。）

"走，快走——"

马局长一边催促小林，一边将门打开。

"马局长，请跟我们到纪委去一趟。"

马局长呆在门前，手里的包滑落。

小林紧跟在后面，一阵晕眩，瘫倒下去。

太阳找到了归宿，平静地落山了。

笑

颜局长爱笑，因而总是显得很和蔼。

我大学毕业分配到单位上班的第一天，刚毕恭毕敬地喊了声颜局长您好，就看到颜局长露出一脸的笑，我就想，颜局长真是位好领导，对人笑得那么认真。

我被安排在办公室，办公室除了主任老齐，四十多岁，还有一名三十岁不到的年轻人，叫小方，主要负责写材料，还有打字员小左。我刚来，许多打杂跑腿的事情理所当然地由我来担当。第三天，齐主任有事出差，小方又要赶材料，县委办来了一份紧急通知，我就将文件拿回来后径直送到颜局长办公室。

颜局长脸上堆着笑。我十分恭敬地将文件夹递到颜局长面前，跟着笑，您看这是县委办刚下的通知，说是今天下午一定要将人员名单报上去，明天就要奔赴防汛第一线。

颜局长大致将文件看了一遍，说，哎呀，这事不可懈怠，文件先放这儿，待商量商量再说。

我回到办公室屁股还没坐热乎，就接到齐主任打来的电话，齐主任说，小李啊，县委办是不是刚来了通知？我说，是，已经呈颜局长了。齐主任又说，局长给我通了电话，说是要抽调一名同志参加防汛工作队，这个指标定在了我们办公室。齐主任在电话里犹犹豫豫的，好像有话说不出。

但齐主任还是说了，齐主任说，颜局长让我征求一下你的意见，看谁去比较合适？

我想，我才来三天，领导就征求我的意见，还真把我当个人看了，从颜局长的一张笑脸上就能看出来，领导办事是很讲民主的。不过，我又马上想到，我能选择谁呢？是不是领导在考验我？

于是，我就说，您看我去行不行？

这时，齐主任的语气似乎缓和了许多，说，本来不应该让你去的，你看你才来，又没什么工作经验，但没办法呀，要不，你先去，我回来就去换你。

齐主任的话让我挺感动。我说，不用换了，齐主任，就让我去试试吧。

一个月后，防汛工作队完成了使命。我回来上班时，颜局长笑嘻嘻地说，小李啊，吃苦啦，听说你在工作队干得很不错的嘛。我一边跟着笑一边说，没吃啥苦，是领导褒奖。颜局长笑得很开心，又很关切地说，年轻人嘛，吃点苦，锻炼锻炼，有好处噢。我说，您说的是。

颜局长的笑让我感到既放松又轻松，令我由衷地钦佩。

待在办公室，我慢慢地发现齐主任经常开会，而且好多通知颜局长开的会也是由他代替去开，齐主任自然很忙。小方呢，说是怕干扰，老是夜晚赶材料，上班签个到就回家休息去了。办公室里往往就我和小左两人，小左一溜号，我独自一人时就东西南北地瞎想，常想起的是颜局长灿烂的笑。

一天，我和小左都没啥事，两个人就在办公室里聊起天来。小左很文静，大多数时候是面无表情的，和颜局长相比，完全是两片天地。我问小左，你觉得在单位最开心的事是啥事？

小左抱着本书，抬头看着我，没答，却似问。

我笑笑。

小左放下书本，反问我，你说呢？

　　我毫不犹豫地说，我觉得是我们颜局长的笑，颜局长的笑总是那么和蔼可亲，平易近人。

　　小左很冷峻地挤出一丝笑，说，也许吧。

　　小左的表情大大出乎我的意料。我就觉得小左这人年纪不大，但很深沉。

　　两个月后，县里又要组织秋收工作队。从我在局机关工作的一段时间来看，还真是一个荸荠一个窝，每个人都坚守着一个阵地，唯独我在办公室里算是个机动人员。我想，这次恐怕又是非我莫属，与其等领导安排，还不如图个表现，自个儿请愿算了。我和齐主任说了我愿意下去的想法，哪知齐主任一口说，那哪行？你才熟悉了一下情况就又下去，那绝对不行。齐主任说着就噔噔噔地朝颜局长办公室跑去。

　　望着齐主任的背影，我又一次异常感动。

　　想不到的是，齐主任耷拉着脑袋回来了，看样子很失望，很无奈。我似乎明白了什么，内心就有一种异样的感觉。

　　颜局长和我谈话陈述让我下去的充分理由时，仍是满脸的笑。也许正因为有了这笑，颜局长才显得从容、镇定，也让我非常乐意地接受了使命。

　　但下去没多久，一条爆炸性新闻铺天盖地传开，新闻的标题是：《柔弱女子割腕溅血留证据　笑面局长敛财贪色戴镣铐》。具体内容大致是，颜局长不仅利用手中的权力侵吞巨额公款，而且还千方百计地迫使小左成了自己的小情人，待小左幡然悔悟这只不过是颜局长玩弄的一套权术后，就真心诚意地找了一位男朋友，想从和颜局长的暧昧关系中摆脱出来，当男朋友到单位来找小左的时候，颜局长竟然使得她男朋友像逃避瘟疫一样，拂袖而去。于是，小左写下血书寄到纪委和反贪局后，割腕自尽。纪委和反贪局迅速组成专案组进行了调查核实，并将颜局长逮捕。

　　我虽然刚来不久，但这事毕竟出在自己工作的单位，不得不让我关注。为了证实这一消息，我跑到街上拨通了齐主任家的电话。

齐主任的语气和缓、平静、肯定。

我说，真看不出颜局长是这样的人，平时总笑得那么亲切，竟然做出这样的事。想起颜局长的笑，我又问，不知颜局长被逮走的时候是啥模样？

齐主任说，笑，满脸的笑……

森林规则

　　森林局虎局长一上任，就定下严厉林规：林中所有动物必须和睦相处，公平相待，不得勾心斗角，弱肉强食。

　　规定传达下去，一片欢呼雀跃。尤其是鸡鸭猪羊兔等林中的弱势群体，更是感到虎局长体贴民情，体恤民生，决策英明。

　　为了尽快了解情况，上任不久，虎局长就带领左右深入林场调查研究。林场狐场长在汇报中说，在接到虎局长的指示后，通过采取一二三四条措施，制定一二三四项制度，培养ABCD个典型，已初步收到了甲乙丙丁项成效，但仍存在着子丑寅卯个问题，我们决心按虎局长的要求进一步提高认识，强化措施，落实责任，加大力度，努力再上新台阶。

　　狐场长的汇报翔实生动，有理有据，虎局长听后眉开眼笑，大加赞赏。

　　中午在林场招待所就餐，鱼虾鳖龟鳝率先出场，酒过三巡，鸡鸭猪羊兔尽数上来。虎局长醉眼蒙眬似有所觉，便拉下脸来问，狐场长，这是怎么回事？狐场长笑着说，虎局长，您先别发火，我保证这鸡鸭猪羊兔没有咱们林中的一分子，而是昨天晚上，我让手下到山下去"采购"来的"野味"，您放心，我怎么也没胆量违背您的旨意呀！

　　虎局长揩了揩油光光的嘴，进一步强调了自己代表森林局所作的规定，便摇摇晃晃地上山了。

上山的路上，虎局长突然一声惨吼，左右慌忙围拢过来，但见一个大大的铁夹子把虎局长的脚给牢牢地夹住了，虎局长一边哎哟哎哟地叫，一边破口大骂，狗日的，是谁敢给老子使夹子，给我查。左右用了好长时间也没能把夹子松开，最后，只好齐心协力将虎局长抬回了山寨。

虎局长左右对此事非常气愤，也非常重视，当天就给狐场长打了电话。狐场长哪敢懈怠，连夜赶到了山寨。

虎局长的骨头受了伤，救治要紧。狐场长急忙下山找医生开了处方买了药，可拿回来一看，竟有一样是麝香虎骨膏。虎局长气得直抖胡须。狐场长颤抖着说，医生说了，这是用南极虎的遗骸做成的，与本林无关，您就放心用吧！

虎局长瞪了瞪眼睛，极不情愿地伸出了腿。

虎局长的伤经过几个月的治疗，总算痊愈了。尽管心里还有些发怵，但虎局长想，我作为森林之王尚且遭到如此伤害，其他动物的处境又怎样呢？于是，虎局长毅然决定，再次下去调查。

通知下来，林场狐场长感到很忧虑。几个月来，林中鸡鸭猪羊兔等弱势群体的数量不仅没有增加，而且还大量减少，个中原因，狐场长心知肚明。如果虎局长来听取工作汇报，用什么来证明自己的成绩呢？狐场长思忖良久，然后对手下作了一番吩咐。

第二天，虎局长到达林场门口的时候，林场已沉浸在一片哭泣之中。

虎局长感到莫名其妙。

这时，狐场长眼睛红红地走过来，用手拭了拭流下的泪，哽咽着说，在与猎手的战斗中，他们牺牲了。

虎局长看着躺在地上的鸡鸭猪羊兔，一阵沉默，一阵悲鸣。

狐场长说，虎局长，在中午进餐之前，我们准备给他们开个追悼会，现在就请您宣布追悼会开始吧。

虎局长仰起头，对天长哮——

森林环境

林场出现了严重饥荒，要求解决资金的报告一个接一个地摆在了虎局长案头。狐场长还带着一帮手下亲自送报告来了。

看着狐场长及手下尖削的脸，十分憔悴的身体，虎局长愧疚万分。

虎局长反复思考后认为，之所以成了今天这个样子，主要是经济发展速度太慢，动物们的生活水平每况愈下造成的。虎局长当即决定，为了发展经济，必须招商引资。

于是，虎局长就带领手下踏上了考察的路程。

虎局长考察的第一站是畜牧局。

畜牧局屠局长亲自接待了虎局长。屠局长带着虎局长一行参观了"万头养猪场""万只养羊场""万头养牛场"以及"养鸡专业村""养兔专业乡""养鸭专业镇"等大规模养殖基地，介绍了农民增收、集体经济发展、出口创汇等方面的情况。

看着屠局长脸上洋溢的笑，虎局长就感到一阵激动，忙吩咐秘书做好详细记录，还向屠局长索要了一套畜牧局的发展规划。

中午进餐时，狐场长向虎局长建议，请畜牧局到他们林场去投资。

虎局长几杯酒下肚后就来了兴致，说，屠局长，贵局的经济发展速度确实走在了我们前边，我想请屠局长到我们那里去看看，让你们的企业家和养殖专业户到我们那里去投资。

屠局长说，好哇，我也正在考虑如何走出去的问题呢，待我再召开一个大会，听听下面的意见，我想是没有多大问题的。

虎局长和屠局长互换名片后道别。

虎局长觉得畜牧局的经验非常适合森林局，因为发展养殖业不仅可以解决饥荒的问题，而且可以活跃森林市场，繁荣森林经济，是为广大森林动物做的一件大好事，因此，虎局长又带领手下跑了一圈后，回到了山寨。

屠局长言而有信。不久就带着一班人马进行了实地考察，并投资建起了一个大型养殖场。养殖场就建在狐场长的林场里。

养殖场建成后，一切进展都很顺利，就是盗窃案件频繁发生，有时少了一头猪，有时丢了一只羊，有时又不见了一头牛。这事反映到屠局长那里，屠局长就给虎局长打电话，首先对虎局长给予的优惠政策表示感谢，然后对森林局的社会治安状况表示了担忧。

虎局长在电话中表示，将对胆敢盗窃者予以最严厉的打击。

但经过一段时间的整治，仍不见有所好转。

屠局长就亲自到山寨了解情况。在虎局长的陪同下，对养殖场进行了视察。视察结束后，屠局长说，虎局长，我们可是看着你们的优惠政策来的，如果连最基本的安全感都没有，我们投资的损失谁来负责？

虎局长当即责成狐场长给一个满意的交代，否则，提头来见。

狐场长也表示，坚决将此事一查到底。

屠局长这才放心地点了点头。

中餐仍由狐场长安排在林场招待所。酒过三巡，屠局长说，听说你们这里野鸡的味道很不错，能不能来两只品尝品尝？

狐场长说，屠局长，我们虎局长一上任就作了规定，山里的所有动物都要受到保护，这也是我们虎局长关爱弱势群体的一项重要举措。

虎局长大口大口地啃着骨头，似点头一般。

屠局长酒兴大发，说，我们在这儿办养殖场为你们提供了丰富的食源，而你们却吝啬几只野鸡，今天吃不到野鸡，马上撤资。

虎局长抬起头来，说，屠局长，人家都说虎毒不食子呢。

屠局长瞪眼看着虎局长。

虎局长挥了挥手，说，看在屠局长的分上，今天我就破例一回，狐场长，快去弄几只雏鸡来。

屠局长狠狠地啃下一口，梗着脖子抬起头，就看见虎局长满脸堆笑。

屠局长越看心里越发怵，好像虎局长要来个饿虎扑羊一样——

神秘电话

副局长牛进仁是倒在单位年终表彰会现场的。

当时，牛副局长正在宣读表彰会文件，突然手机响了，牛副局长停下来听了一下电话，脸上就渗出了汗。稍稍镇定后，又继续念文件，这时，大家发现牛副局长的手在不停地颤抖，念的文件也不太利索，才念了几句话，牛副局长就手扪胸口歪倒在了主席台上。

在场的所有人都震惊了。大家赶快将牛副局长往医院送，可还未等送到医院，牛副局长就断了气。

是谁给牛副局长打的电话？带着这个疑问，大家开始料理牛副局长的后事。

局里对牛副局长的突然去世非常重视，专门成立了治丧委员会，主任由局长亲自担任，还专门组成了一个强有力的材料班子，负责整理牛副局长的光荣事迹。材料班子经过几天的加班加点，把牛副局长的辉煌业绩总结得让人叹服。

追悼会定在牛副局长去世后的第三天举行，到会的有单位领导，牛副局长的亲朋好友和下级单位的干部和职工代表三百多人，这种规格在局里是前所未有的。

　　追悼会准备开始的时候，发生了一件意想不到的事情。一名漂亮女子跌跌撞撞地进了追悼会现场，还没等大伙儿明白是怎么回事，漂亮女子便一把鼻涕一把泪，情不自禁地大声号啕起来，一副死去活来，伤心欲绝的样子。大伙儿跑过来劝，可越劝，漂亮女子就哭得越来劲，弄得大伙儿不知所措。

　　人们悲痛的眼泪如潮水般涌出。

　　在哭过一阵之后，漂亮女子竟莫名其妙地伏在水晶棺上哈哈大笑起来。局长一脸悲痛、一脸愠怒地走过来，一边好言好语地劝漂亮女子别太难过，一边扶着漂亮女子到休息室。漂亮女子还算听局长的话，很伤心地倚着局长，顺手扯过局长的黑色西装擦了一下眼泪。

　　追悼会开始。

　　主持人走到话筒前，声音低沉地宣布，牛进仁同志的追悼会，现在——

　　"今天是个好日子，心想的事儿都能成——"一辆放着欢快音乐的面包车径直开进了殡仪馆。

　　响亮的音乐把牛副局长的家属激怒了，他们一拥而上，就想砸车。可车上跳下来一位黑脸大汉，一下车就吼，干什么干什么，我家臭婆娘是不是到这儿来了？黑脸大汉的嗓音很大，大得参加追悼会的所有人都能听得一清二楚。

　　大伙儿就愣了神。

　　这时，漂亮女子像受到了什么刺激似的，疯疯癫癫地从休息室里跑了出来。

　　黑脸大汉看到漂亮女子，大笑着说，哈哈，在这里，果真在这里啊，臭婆娘，想和老子玩游戏，没门！今天不把人带回去，老子也就白活这一世了。

　　说完，黑脸大汉就冲过来拦腰将女子抱住，塞进了车。伴随着长长的喇叭声，面包车绝尘而去。

　　追悼会继续进行。由局长致悼词。

　　"——牛进仁同志违——原则——贪——公款——包——二奶——以

权谋——"

　　局长的眼睛扫视着稿子，念会儿，停会儿，再念会儿，再停会儿，越念越觉得奇怪，这悼词怎么念起来就成举报信了？

　　追悼会很快就完了。

　　告别了牛副局长的遗体，局长从殡仪馆出来，手机嘀咚嘀咚地响了，局长拿出手机看了看上面显示的号码，按下接听键，耳边就传来一阵哈哈哈哈的狂笑声。

　　喂——噢——哎——，局长回过头去看了一眼送葬的车队，若有所悟地嘘了口长气，开始琢磨起漂亮女子和黑脸大汉之间的故事……

较 量

机构改革大幕拉开。按照上面的方案，局领导班子只设"一正二副"，而现在局领导班子有一正三副，"一把手"赵局长平时就显得冷静沉稳，况且还不到方案所规定要下的条条杠杠，位置自然不会有什么变化。三个副职下一个已是铁板上钉钉，到底下谁呢？

在这个节骨眼上，谁也不会坐以待毙。

钱副是在单位一步一步提升上来的，也是领导班子中最年轻的一个，正规大学本科生，专业又对口，精通业务，不论是过去当办事员，还是现在当领导，都是单位的业务中坚。下钱副，似乎可能性不大。

孙副是从部队转业回地方来的，四十多岁，依然保持着军人的作风，为人直爽，办事公道，工作业绩非常突出，在单位的口碑很好。要下，也似乎没有充足的理由。

李副是从乡镇调到局机关来的，从基层起来的干部大都有较强的吃苦精神和过硬的工作作风，但李副在单位好的表率作用就不那么突击了，上班时间常隔三岔五地邀人打麻将，有事无事用公款请吃请喝，还和下面单位一位年轻漂亮的女会计闹出了绯闻。群众的评价自然不太好。

单从这些简要的介绍来看，谁该下，一目了然。但现实往往比人们的想象要复杂得多，谁也不能保证事情的发展就能如人所料。

一场无声的较量展开。

钱副想，我年纪最轻，说下，怕也不是没有可能，要想保住位置，不活动活动心里总觉得不踏实。钱副拿出自己这几年辛辛苦苦积攒下来的积蓄，到相关领导那里去打点打点。从领导的答复中，钱副感到心中有了数。

孙副想，我转业回来时间不长，再说业务也不太熟悉，要不下，确实没有十足的把握。为了保住位置，孙副不得不将在上级组织部门工作的战友搬了出来，和领导做了该做的工作。从领导的表态看，孙副觉得自己已没有多大问题了。

只有李副好像没这回事一样，照样进出高档酒楼饭店，照样邀人打牌"斗地主"，照样和女会计来来往往。

就有人猜想，李副肯定觉得自己怎么争恐怕都是争不上了，不如痛痛快快地玩几天算了。

离公布局领导班子配备情况的时间愈来愈近了，大伙儿心里早就有了本账，因而显得很平静。

盖子是这样揭开的：钱副、孙副从原单位调离，李副被明确为副书记、副局长，实实在在地成了单位的"二把手"，另一名副职待定，据说要从其他单位交流来一名优秀年轻干部。

第二天上班，大伙儿议论纷纷。

办公室主任拿着一摞大红请柬高高兴兴地给大伙儿报喜，喝喜酒，喝喜酒，喝喜酒嘞！

大伙儿匆忙拿过请柬来看，只见上面写着：兹定于八月八日下午五时在豪迈大酒店举办婚礼答谢宴会，恭请光临。李金、赵雁敬邀，二〇〇二年七月三十一日。

大伙儿看后方才恍然大悟，李金是李副年轻潇洒的俊儿子，赵雁是局长年近三十的傻女儿。

不知谁悄悄地喟叹一声，用儿子换位子，这代价，沉啊！

吼的声音

每个人对情绪的发泄都有着不同的表达方式，但吼用得比较多。只要你大吼一声，很多人就认为你在发泄什么。王山民也喜欢大声地吼。不过，王山民的吼与众不同，他的吼是在自己心情特别好特别高兴的时候。

王山民上班经常迟到，但领导从来不批评他，因为谁也不愿意同一个一走一瘸的残疾人计较什么。于是，王山民就根本不把考勤当回事儿。那次上面来人专门查考勤，看着一个个陆陆续续签了到，只有王山民一人快到时间了还没来，直把领导急得团团转。可正当上面来的人准备收起签到簿的时候，王山民就鬼使神差般一瘸一拐地出来了，还冲上面来的人笑笑，"不好意思，您看我这一瘸一拐的，总比别人花的时间要多吧……"他的一句话把上面的人都逗乐了，上面的人就很怜惜地让他在考勤簿上签了字。

可上面的人刚走，王山民就大吼一声，搞得同事们莫名其妙，也让领导逮了个正着。领导就将他叫到了办公室。"山民同志啊，你的腿是有点不方便，但国有国法，家有家规，单位也有单位的规矩嘛，何况这纪律是上面规定的，要是单位被通报了，那总归不是件好事吧！"

于是，王山民立马就向领导赔罪，"领导，您看我这不是没给单位记迟到吗？再说，幸好我及时赶到了，要不就得通报了不是？"

领导找他谈话远不止一次了，每次他都是这样可怜兮兮又油腔滑调的，领导也就当是原谅他，什么也不说了。

王山民其实什么爱好也没有，就爱弄两个"豆腐块"上上报，一年也就那么几次。按他自己的说法，他投的稿子是百发百中，而且这些都是与单位毫不相干之事。一次，同事们听说他的一篇文章登上了省报，于是就找来报纸寻找了老半天，才在读者来信栏目找到了他的名字，可仔细一看，这哪是什么报道，不就是几句发泄城市不太整洁的牢骚话吗？可王山民却很得意，高兴得大吼，"嘻嘻嘻，就这篇报道，怎把个环卫局闹得不可开交，局长都亲自带人扫大街。"

同事们也知道他喜欢吹牛，但这次也许说的是实话，也不和他较什么真儿。

单位马上就要改革，按上面定的编制，得有一人下岗。这次大伙儿心里都有底，下岗的人恐怕非他王山民莫属。可王山民上班的时候仍然是一副无所谓的样子，好像改革与他毫不相干。

改革结果公布的前一天，王山民依然是上班时间早过了才乐呵呵地来到办公室，然后又乐呵呵地到了局长办公室。从局长办公室出来的时候，他脸上依然挂满笑容，俨然一副胜利者的姿态。

同事们就看到局长从办公室里紧追出来，手里拿着一张报纸，朝王山民大声地吼："你给我回来，谁说让你……"

王山民回过头来，乐呵呵地大吼一声，一瘸一拐地扬长而去。

局长的话戛然而止，同事们都好像什么也没听见似的。

踪

事情是在上班之后发生的。

那天，范副局长签到后说是到林木所参加职工会，可不大一会儿，林木所就有十多名职工到局里来上访，反映职工几个月未发工资，而单位负责人涂所长经常进出高档酒楼，每年吃喝开支几十万元，为什么局领导对此视而不见，置若罔闻？

信访室覃主任接待并答复上访职工，我们将及时向领导汇报大家反映的情况，请大家先回去。

但职工说，我们要见局长，见不到局长，我们就到政府去。

覃主任马上与局长通了电话。局长问，范副局长来了没有？覃主任说，范副局长签了到，说是到林木所开会去了。

局长说，我现在在外面办事，恐怕一时还回不来，你们赶快通知范副局长回来向职工说明情况。

按以往的经验，如果这时范副局长能来向职工表个决心，给个交代，事情也许就好办了，可范副局长根本就没去开什么会，电话打到家里没人接，手机又关机，偏偏怎么找也找不到范副局长的人影。好不容易找到了林木所的涂所长，涂所长却说，这事我管不了，想闹就让他们闹得了。

覃主任又和局长通电话。

局长让一名上访职工代表听了电话，非常鲜明地表了态，可职工就是不答应回去，而且还你一言我一语地说上次你们也是这样表的态，事后不仅没处理没给我们答复，还让范副局长给我们开会，说是影响了社会稳定要我们写检查作检讨，今天无论如何得给我们答复，否则，我们决不撤退。

局长无奈，就在电话里下了死命令，就是下海也要给我把范副局长捞回来。

军令如山。覃主任迅速对信访室的三个人传达了局长的指示，并进行了分工：副主任留守，覃主任和小宋分头找人。

覃主任的眼头很亮，一到政府大院就看到范副局长的车停在办公楼下。就像找到救星一样，他急忙跑过去拉车门，没拉开，再仔细看里面，没人。车在人必在。于是，他开始从一楼到八楼找。从楼下跑到楼上，门开着的都看了，没人。他想，既然这样，那就地毯似的搜。他开始敲门，为了争取时间，门一开，他二话不说，将脑袋伸进去迅速扫视一圈就走，搞得别人把他当成了神经病。

找完了，覃主任已是四肢酸软。可到楼下一看，车不见了。他急得往地上一坐，任汗水唰唰地往下淌。

小宋到范副局长家里没找到，在家门口候了一阵，又到他知道的范副局长的亲朋好友处跑了一圈，也没找着。一看时间，快下班了，就匆忙赶往办公室。路上，他突然看到范副局长的车停在喜庆门大酒店门前，就兴奋得浑身来了劲，拼命地蹬着那辆破自行车朝范副局长的小车靠拢，可就在他下车擦汗的时候，范副局长的小车一溜烟跑了。

小宋就拼命地朝小车招手，但小车还是没有停下来。小宋只好脱下湿透了的衬衫搭在自行车把手上，怏怏地回了办公室。

小宋前脚跨进局机关院门，覃主任随后也进来了。

"找着了？"

"没有。"

"我也没有。"

"看到车啦？"

"看到了。"

"我也看到了。"

覃主任和小宋边擦汗边往楼上跑。

楼上已空无一人。

"咋就散了呢？"覃主任和小宋四目相对。

这时，覃主任的手机响了，范副局长来电。

"覃主任，辛苦了，请你和小宋到喜庆门大酒店……"

覃主任呆住了，好像什么也没听见。

祝你过一个愉快的节日

节日说到就到了。

王局长驾着小车来到超市门前，刚从车上下来，就迎面碰上了纪委严书记。王局长伸出手，但见严书记一脸严肃，并未伸出手来，只说了句"祝你过一个愉快的节日"，便头也不回地走了。

王局长和严书记是老乡，过去每次见了面都是笑着脸握手，互致问候，可这次确实让王局长感到莫名其妙，祝你过一个愉快的节日，难道我就只能过"一个"愉快的节日了吗？王局长似乎从严书记的态度中看出了事情的严重性。

王局长没进超市，迅速开车返回朝阳小区。

"亲爱的，怎么空着手回来了。不是说到超市给我买节日礼物的吗？"一位娇艳女子见王局长进门就直扑过来，给了一个甜蜜的吻。王局长一声未吭，推开娇艳女子，一屁股坐在沙发上犯愣。

"早让你离婚，你总是让我等，再等几年，我都成黄脸婆了。"娇艳女子坐在王局长身边，娇嗔地用手捶着王局长的肩膀。王局长顺势握着女子的手说："你想过一个愉快的节日吗？"

"想啊，谁不想过一个愉快的节日？有你陪我过节我比什么都愉快！"女子又忸怩着说，"来，咱们现在就开始吧。"

王局长一把推开女子，说："什么呀，你听我说，现在到了非常时候，有人要追查了。"

"谁说的。"

"纪委严书记说的。"

"你不是说严书记和你是老乡吗？"

"别再啰唆了，我们得想想办法。我早就听人说了，那个老原则，平常好好的，一要他帮忙，就翻脸不认人。唉——"王局长说完，长长地叹了口气。

"你说咋办？"

"离开这里，远走高飞。"

"你让我走？啊——你让我走？"娇艳女子有些急了，拉下脸来，一本正经地吼，"你让我走，没那么简单。你王某人出事与我有何相干？告诉你，你给我的那些东西，抵得上我的青春吗？"

"这是我给你准备的，你带着它马上走，回来的时间我会跟你联系。不然……"王局长怒目瞪圆，起身将一沓钱掼在茶几上，下楼走了。

回到家里，王局长一开口就问夫人："你想过一个愉快的节日吗？"

"神经病，啥意思？"夫人看着抑郁寡欢，且有点惊慌的丈夫。

"刚才，我碰到严书记了，他让我过一个愉快的节日，看他那表情，与以往不大一样，好像要发生什么事？"

"很平常的一句客套话，会有啥事？"

"问题恐怕没这么简单吧。他为什么不说祝你节日快乐，而是说祝你过一个愉快的节日呢？这不是变相地在给我敲警钟吗？"

"那你说咋办？"

"赶快清理一下，把钱都给退回去。加工厂赵厂长10万，建筑公司钱经理5万，个体户孙老板2万，还有招工、转干、晋级、提干这档子事及其他事都想想，凡是能想起来的统统退回去。假日期间，咱们分头行动，一定要把这些都退到位。"

　　这些事关系到王局长头上的乌纱帽，或身家性命，不能有丝毫的懈怠。王局长和妻子节日期间按照名单挨家挨户跑，总算把该退的都退了。

　　但王局长心里仍不踏实，总觉得琢磨不透严书记的意思。

　　王局长敲开了严书记家的门。

　　"严书记，过节好！"

　　"你看你看，大包小包的，啥意思嘛。"严书记只把门开了一半，脸上并无笑容。

　　"老乡之间走动走动，这不算违规吧，这是我回老家带来的一点特产，小时候常吃的，要是您觉得不合适，等会儿我提回去，可您总得让我进来聊聊吧。"王局长强作镇静地说。

　　"那行啊，"严书记打开门，侧身让开，问，"节日过得好吗？"

　　"还……还可以……还……可以。"

　　"都干了啥事？"

　　"没……没干'傻'事，没……没干'傻'事……"

　　"怎么啦，当局长的说话结结巴巴的，可不能有这样的毛病噢。"

　　"那是，那是……"

　　"看你弯弯绕绕的，有事没有？"

　　"没……事，噢，我有……有事跟您说。"

　　……

　　王局长痛痛快快地流了一身汗。

　　但令王局长感到不解的是，从严书记家出来时，严书记说的还是，祝你过一个愉快的节日。

春雨悄悄

春雨来了，软绵细长。阚市长刚进办公室接了个电话，就起身对秘书小兀说："快备车到皇庙镇！"阚市长起身看了看窗外绵绵的春雨，似根根银针直往下扎。

"到皇庙镇？"小兀下意识地问了句。

"是！"照平时，阚市长总是语气和蔼而又坚定，而今天阚市长脸上毫无表情。小兀也不敢多说什么，匆忙去备车。

小兀知道，阚市长昨天上午到皇庙镇参加了镇中学成立六十周年校庆暨科技大楼竣工典礼，今天早上才把请回来的客人送走。这些客人都是本地籍在外工作的成功人士、知名学者和商界巨头，大多是为皇庙中学科技大楼捐了款捐了物的。

车上，除了车轮在雨地碾过的声音，沉默得有点儿憋气。

小兀从前排扭过脖子，对阚市长说："这场春雨下得可真好！"

阚市长将头靠在座椅上，双目紧闭，连哼都没哼一声。

小兀想，市长今天应该高兴才对呀！皇庙中学校庆上，市长的发言情真意切，剪彩时笑容满面，陪客人参观时谈笑风生，今天早上送客人时还千恩万谢，怎么一下就成这个样子了呢？

"市长，您这样没日没夜地工作，可要多注意身体！要不要通知镇上涂书记，让他们给您安排个地方先休息一下？"小兀说完，便拿出了手机。

市长仍然没哼出一个字，只是伸出一个食指摆了摆。

小兀感觉心里有点儿发慌。又将手机放回口袋，转过身去，正了正身，两眼直视前方，看绵绵春雨似银针一样地往下扎。

皇庙中学作为全市重点中学，仅排在市一中之后，每年都为国家重点院校输送一大批人才，可谓桃李满天下。为了这座科技大楼，阚市长没少跑路，没少说话，也没少操心。看着一笔笔捐款的到来，阚市长深深感到那些从皇庙中学走出去的学子们的款款真情和感恩之心。因此，当他看着教学大楼一天天建起来时，脸上总是洋溢着灿烂的笑。作为市长秘书的小兀，看在眼里，喜在心里。

约莫走了一小时，快到镇上的时候，市长突然就睁大了眼睛，说："直接到皇庙中学。"司机踩了脚刹车，迅速拐了弯，径直开到皇庙中学门前停下。

阚市长很快从车上下来，就见镇委涂书记扑通一声跪在地上："阚市长，今天早上上早自习的时候，三楼的几块预制板突然塌下来，三名学生已经被送到医院抢救去了，还有三名学生……"涂书记还没说完就泣不成声了。

小兀呆了。当初，是他打着阚市长的牌子，和涂书记商量着将工程承包下来，从中抽取了一定的回扣后又转包给了一个个体建筑老板。没想到，说出事就出事了。

小兀慌忙回过头来看了一下市长。只见市长挥动的手停在了半空，眼泪也流了出来。

这春雨依然下得缠绵，似根根银针扎着小兀的心一阵紧似一阵地疼……

分　析

年底，牟厂长心里不踏实，于是决定开一个厂长办公会，分析分析形势。

五位副厂长都来了。

牟厂长说："首先，我来通报一下今年的生产情况——总的来看是'两增一降'，就是产量增加了，销售增长了，利润下降了。请大家对形势作一下分析。"

一副厂长："效益怎么说下来就下来了呢？是市场的原因？显然不是。我们厂是行业老大，今年的订单都生产不过来，还有哪家能撼动咱们的地位。这里面一定有更深层次的原因。"

二副厂长："今年的生产在环节、质量、工艺等各个方面我们都是严格把关的，没出现一件残次品，不仅数量大增，而且还有几个产品又被评上了省优、部优。应该不会有什么问题呀？"

三副厂长："关于销售，我来说几点：一是增设了网点，二是扩充了队伍，三是加大了投入，四是实现了增长。在销售的每一个环节都是协调的，而且今年没有出现一起投诉和退货之类的事情。我可以完全负责。"

四副厂长："在政工人事上，我认为职工的工作热情是高的，思想素质是好的，同时岗位的确定、人员的安排是合理的，这从今年的产销结果可以看出来。"

五副厂长："我分管的这块，安全工作正常，计生工作正常，后勤工作也正常，尤其是廉政建设还被评为了市里的先进，我就不多说了。"

一切都好，一切正常。

牟厂长正准备发言，电话响了。"喂，什么不好说——我让你们如实报告，听到了吗？没什么？这个我知道——"

牟厂长接完电话，点燃一支烟，猛吸一口，看着五位副厂长，笑了笑，说："今年通过大家的努力，非常出色地完成了工作任务，而且都做出了各自的特色，这是大家的功劳，也是全厂职工共同的功劳，可——"

说到这儿，牟厂长又拿起手机，放在了耳边。

"基建款支付了多少？谁签的字？好——"

"进货预支了这么多，谁表的态啊？好——"

"招待费吃都未吃就付了？多少？好——"

"职工集资啊？该退该退，退了多少？好——"

"还有？货款没上账，搞体外循环？谁？好——"

厂长接完电话，脸上依然挂着笑。但五位副厂长的脸色随着厂长的电话变换着，脸上却没有一点儿笑容。

厂长起身，敲了敲桌子："今天的会就开到这儿，明天接着开……"

一散会，五位副厂长先后来到财务室，都以不同方式问了同样的问题，但得到的也是同样的答案：我们没给厂长打电话！

正当五位副厂长犯迷糊的时候，厂长却是一脸笑容地走进了财务室——

和总裁赌一把

余倩伶是个性情柔和的漂亮女子，是食品集团公司公关部部长。在这个岗位，余倩伶已经干了多年，是总裁最欣赏的人之一。今年一开始，集团公司的效益出现滑坡，而且大有一发不可收拾之势。总裁多次召集各分公司负责人和集团公司高管开会，最终都未能拿出一个止住颓势的良策。这让一向非常自信的总裁也感到有些束手无策。

这天，总裁让余倩伶陪同去接待一批重要客人。可车刚开出公司不远，余倩伶就将手指向前面，对总裁说："总裁，您看……"

总裁顺着她的手看过去，总裁看到了路边一个衣衫褴褛的乞丐："可怜啊，只可惜我们公司不生产乞丐食品，要是生产啊，这乞丐不就解决温饱问题了吗？"

余倩伶朝总裁笑了笑，说："总裁，只要您亲手给这个乞丐一袋食品，我们的公司就一定会在最短的时间内扭转局面？"

"噢，有这事，给乞丐食品，那不是说我们生产的是垃圾食品了？还有谁愿意来买？"

"不信？我敢和您打赌！"说着她就让司机停下车，将一袋食品递到总裁手里。

总裁犹豫了好一会儿,才慢慢下车,走到乞丐面前亲手将食品递到了乞丐手中,还面带笑容地拍了拍乞丐的肩膀。

这时,突然就冒出来几名记者,把总裁刚才的一举一动都记录了下来,还将话筒伸到了总裁的面前。可总裁这时除了犯愣,什么话也说不出来。

上车后,总裁异常不安地向余倩伶交代:"这下完了,这群记者不知会做出什么事来?你马上找电视台的负责人,一定不能让这稿子播出去,否则……"

总裁一边说,一边看着余倩伶,可她只是冲总裁笑了笑,没吱声。

第二天,电视台经济频道如期将总裁给乞丐食品的新闻播了出来,后面还配了一段长长的记者感言。节目播出后不久,公司生产的食品在市场上销售量大增,不仅及时止住了颓势,而且效益还有了一定的增长。这让总裁既恼又乐,真不知道这个余倩伶葫芦里装的什么药?

总裁把余倩伶请到办公室:"原来这就是你给我打的赌啊,可我还真不知道这其中的事理儿。"

余倩伶说:"我看到这个乞丐在这里乞讨已经很有些时日了。其实,乞丐也是人,他们生活在社会的最底层,成天就靠着残羹冷炙来维系自己的生命,可有哪个有钱人愿意亲自去给一个乞丐食品呢?而我们的总裁您就做到了这一点!"

总裁说:"不就是一袋食品吗?能有那么大的作用?"

余倩伶就说:"真正起作用的不光是那袋食品,人们更看重的是您那颗关爱弱势群体的心呀!"

其实被俘虏的岂止一个

余倩在总公司干财务已经十多年了，从财校毕业后，她就一直待在这里。

十多年前，总公司还只是一个不知名的小电器厂，余倩到厂财务室上班后，凭着自己的业务能力，再加上敬业的态度，一年时间就将整个财务室的工作打理得井井有条，成了当之无愧的财务室主任。

刚到厂里来的时候，厂长是个年轻人，姓金，高高的个子，瘦瘦的身材，是个大学生，电子专业毕业的。金厂长视厂如家，跑项目，跑资金，引进技术，引进人才，电器厂的效益就连年翻番。那个时候，大家都惜财如命，余倩作为财务室主任，真正感到了全厂职工的工作热情和干劲。大家不分昼夜，不计得失，为了厂里的利益，可以放弃一切。

余倩记得，厂长除了工作还是工作，哪怕是遇到一个小小的技术难题，他都要和技术员们一起研究解决，而且在材料的采购上严格把关，从不接受供货商的贿赂。

厂长对余倩的工作也十分满意，每年都要给她评先进，发奖金。余倩感受到了厂长对自己的信任，工作也格外认真负责。

后来，随着市场经济体制的建立，电器厂正是因为有前几年的大发展，积累了丰厚的资本，才在市场竞争中占有一席之地，而且通过进行股份制改造，成立了电器公司。电器公司从大专院校录用了一批电子专业的大学生，成立了专门的科研所，公司的产品不断推陈出新，在市场中逐渐引领潮流。

在公司，余倩是经理的红管家。每到年底，经理总要给她一个大大的红包。余倩也就真切地感到了公司的兴旺。

公司的发展可谓大步迈进，一帆风顺，经理也逐步从繁杂的事情中摆脱出来，出思路，抓管理，求创新，增效益，一切工作他都显得游刃有余。俗话说，心宽体胖。随着公司的发展，经理的身体也变得壮实起来，职工们对经理经常在外应酬给予了更多的理解，有的职工还开玩笑说，经理好的身体就是单位的支撑。这年有一位供货商给经理送了一个大大的红包，经理第二天就将红包交到了财务室，还跟余倩他们开玩笑说，你们瞧瞧这位客人的智商，给他做半天工作，要他让点儿价他不肯，你看这不就让了。

再后来，金经理就带着公司的一班人在市场经济的大潮中搏击，让公司不断适应市场，并且不断地开拓市场，使产品在市场上独占鳌头，聚集了雄厚的资本。经理是一位永不满足的人。于是，公司决定实行跨产业、跨行业的资本集聚，形成了现在的集团公司。金经理便顺理成章地当上了集团公司的总裁。

这个时候，集团公司在收益上日进斗金，但在投资上一掷千金。总裁渐渐有了自己豪华的办公室、小车和别墅，有了女秘书、保姆和保镖。但要见总裁就不那么容易了，就连当上财务部长的余倩也很少碰上总裁本人。偶尔见了总裁，就觉得他的身体在不断地长胖，最后就见总裁大腹便便，一脸福相。总裁成了当地的名人，"企业家""代表""慈善家""劳模"的光环一个接一个地套在了头上。职工们说，总裁的形象，就是企业的形象，我们总裁的身体就是一部活的"企业史"。

这几年，除了公司的红利，总裁在年底也免不了给财务部的同志发上一笔可观的奖金。但余倩在拿到这些钱的时候，心里总有一种说不出的滋味。

果真不出所料，金总裁被纪委"双规"后再也没能出来。当纪委派来的人将财务账查封起来的时候，余倩很配合工作，总裁的问题也很快水落石出。

此后好长时间，余倩都郁郁寡欢。一方面是因为想不到一向严谨的总裁会栽那么大的跟头，而且自己居然麻木得没有一点儿醒悟，另一方面因为尽管自己没有侵占公司的一分一厘，但自己仍然是一名脱不了干系的人，总裁倒在了名利剑下，成了名利的俘虏，其实被俘虏的岂止他一个，还有自己，还有……余倩越想越觉得郁闷。

于是，在总裁被法院判决的当日，余倩也向公司递交了辞呈。

猎　物

猎人在山林里搜寻了大半天，仍旧一无所获。

天色渐沉，伴随着一阵阴冷的狂风，黑云迅速飘拢过来。疲惫不堪的猎人双手举起枪，朝着前面晃动的黑影迅即扣动扳机，就听一声狼嚎，紧接着豆大的雨粒往下砸。

猎人在这山上狩猎二十多年，知道自己今天猎到的可不是一般的东西。于是，猎人血脉偾张，不顾一切地向前狂奔。

也许是太过兴奋，猎人刚奔到黑影晃动的地方，就一个趔趄栽了下去……

A：这里是一个陷阱。

猎人昏睡了约莫一个时辰，做了一个美妙的梦：猎人梦见自己打到了一只好大好大的狼，这只狼比乡亲们说的还要大，还要凶，可这只狼并没有受到伤害，只是掉进陷阱里而已。

猎人也掉进了陷阱里。

猎人知道自己无法逃出陷阱，就算狼不吃掉自己，自己也将会变成一具冰冷的僵尸。于是，他慢慢地睁开眼睛，看到了狼眼里仇恨的目光。他也不敢大声喘息，就蜷缩在陷阱里瑟瑟发抖，最后无奈地叹息一声，又闭上双眼，静候凶恶的狼享受一顿美味的晚餐。

倏地，猎人仿佛看到狼猛跳起来，扑过来……

猎人在惊恐万状中醒来，却感到浑身暖和通透，就像躺在慈祥母亲的怀里一样。猎人睁开眼睛，发现自己正躺在狼怀里。

狼已气绝。

B：这里是一杆朽木。

猎人昏睡了约莫一个时辰，做了一个荒诞的梦：猎人梦见自己打到了一只好大好大的狼，这只狼比乡亲们说的还要大，还要凶，躺在地上奄奄一息的狼眼里还泛着仇恨的目光。

猎人紧握猎枪，想起了狼的本性，将枪口对准了狼的头部，用同样仇恨的目光，准备再次扣动扳机。就在这时，奄奄一息的狼竟开口说话了。

猎人愕然，尽管不知所言，但他还是没有扣动扳机。猎人没有移开自己的枪，更不敢放下枪，仍把枪口对准狼头，不敢有丝毫的懈怠。

就这样对峙了好一会儿，猎人就感觉狼的呼吸骤然紧了起来。狼带着急迫的呼吸又开口说话了。于是，猎人直视狼眼，立耳细听，虽然没有听清什么，但隐约看见狼眼里流出了亮晶晶的眼泪。

猎人松了松手，就慢慢地移开了枪口，又慢慢地放下了枪。

看着狼的眼泪不住地流，猎人一阵惊悚，又顿生怜悯之心。他感觉到一匹令人恐怖的狼命行将结束，又感觉到一个鲜活的生命即将死去，就上去摸了摸狼头，拍了拍狼肚，又猛地抱住了狼身……

猎人在泪眼蒙蒙中醒来，却感到浑身绵软无力，就如断骨抽筋一般。猎人睁开眼睛，发现自己正抱着一段朽木。

朽木压在了狼身上。

C：这里是一块平地。

猎人昏睡了约莫一个时辰，做了一个丑陋的梦：猎人梦见自己打到了一只好大好大的狼，这只狼比乡亲们说的还要大，还要凶，可猎人的枪只打伤了狼的尾巴。

猎人走近狼的时候，狼依然蹲在那里，一动不动。当猎人再次举起枪准备射击的时候，凶猛的狼一下子就将猎人扑倒在地。猎人的枪被甩了出去，身子也被牢牢地压在狼身下面。

猎人反抗，但无法挣脱狼的束缚，就发出了绝望的吼声。

狼似乎被猎人绝望的吼声所震慑，只是用它凶狠的眼光盯着猎人，并没有伤害他。

猎人挣扎了没几下，就瘫软了下去，而狼看到一动不动的猎人，就放开了他。狼绕着猎人转了一圈，一声长啸，就慢慢地朝树林深处走去。

猎人看到渐渐远去的狼，很快地爬起身来，又迅速跑过去捡起枪，朝着狼连放几枪……

猎人在仰天长笑中醒来，却发现自己手握着枪，四周一团漆黑，寂静。

狼无影无踪。

D：这里是一个猎人。

猎人昏睡了约莫一个时辰，做了一个永久的梦：猎人梦见自己打到了一只好大好大的狼，这只狼比乡亲们说的还要大，还要凶，狼被击毙了，安静地躺在那里。

猎人慢慢地靠近狼，用枪戳了戳狼的头，又捅了捅狼的身，确信狼已经死了，就收拾好猎枪，将狼背在身上，准备下山。

可猎人刚迈出脚步，就感觉到了一阵阵的心跳。猎人猛地回过头去……

猎人醒来，迷迷糊糊地就看到了自己，看到了一个猎人。于是，一口鲜血喷涌而出……猎人再也没有醒来。

意　外

　　王二和赵三是一个车间里的工人，两人负责同一台机械的作业，有时是王二负责操作机械，赵三在机械底下工作，有时是赵三负责操作机械，王二在机械底下工作，两人配合得很不错，经常受到厂里表彰。可王二因为一次操作伤害了赵三，被以意外伤害罪判了刑。一出来，他就想找到当年被伤害的赵三赔个礼。

　　他来到赵三家，可赵三早搬家了。自从王二因为操作机械使赵三的双手被截后，这里流传着多个版本的说法，有的说他在操作机械时是故意而不是失误；有的说他们俩看起来是好朋友，其实过节还很深，发生这种事让人感到一点也不意外；有的说，都把人家的双手搞残了，没赔一个子儿，判个刑也是应该的……据说，赵三受伤后只在这里待了一个月就搬走了。

　　于是，王二就对赵三过去的邻居说："大哥，麻烦你，一有赵三的消息就通知我一下。"说完就把自己的电话号码给留下了。

　　不久，赵三回来了，他是从一辆大奔上下来的。邻居急忙找赵三，说："赵三，看样子你发了，前不久王二来找过你，怕是要给你惹麻烦。"说完就将王二留下的电话号码告诉了他。

　　哪知赵三听后笑着说："这个王二，想干什么，我还正要找他呢？大哥，你就放心吧。"于是，他就给王二打了电话。

王二很快就和赵三在酒楼见了面。

两人喝着酒，就说起了当年的机械事故。王二说："兄弟，对不起，我当时没想到会砸断你的双手。"

赵三说："是，我知道你要砸我的手，可当时我觉得你只是想警告我，让我的手受点儿伤，没想到你将我的双手给砸断了。"

王二说："是，谁叫你那么优秀。"

赵三说："你不也很优秀吗？"

王二说："可你比我更优秀。"

赵三说："你嫉妒了，你就狠狠地砸了我。"

王二说："是，我嫉妒你，就砸了你，可没想砸断你的双手。"

赵三说："我知道，后来我到厂家去咨询了专家，他们告诉我，既然我们是好朋友，而且在一起配合了很长时间，如果不是故意，就不可能砸断我的手。你是故意的，你应该去坐牢。"

王二说："赵三，我该死，我害了你一辈子，我向你道歉，你要我干什么都可以，甚至要我的命都可以。"

赵三说："我没有双手，就干推销，专门推销这种机械，每年都赚好几十万。没有双手，我还是发财了。我也常想，假如没有这次的伤害，我永远也不可能拉起经销公司的大旗，永远也成就不了今天的事业。说到底啊，我得谢谢你！"

王二说："你说的是真的？我感觉很意外。"

赵三说："是的，我还要聘用你。"

王二说："为什么？"

赵三说："你还算有良知，没要了我的命；你还算有勇气，说出了事情的真相；你还算有情谊，知道向我道个歉……"

王二什么话也说不出来，只感到心里火辣辣的疼，眼泪也禁不住夺眶而出……

散落的羊群

天空蓝蓝的。娃就看着天，看蓝蓝的天空白白的云发呆。娃已经没有任何的想法，赶着羊群下了山。

娃下山的时候，羊群散了。娃拿着鞭子，左跑右跑，但散开的羊群没能再圈拢起来。娃就一屁股坐到地上哭了起来。

娃说，妈，我该咋个办哟。

娃才十岁。娃不敢回家。

这个时候，一辆小车从娃身边开过。也许是看到了坐在地上哭着的娃，车就停在了娃身边，接着车上下来个人，俯下身问娃，小娃子，你为什么哭呢？

娃就说，我的羊群跑散了。

这个人就抬头朝四周看了看说，噢，这山边跑的羊都是你的？

是，是我们家的，是我妈叫我到山边放羊的。

那为什么散了呢？

不知道。

娃是真的不知道，娃也不知说什么好。那个人就仔细端详了娃一会儿，伸手将娃从地上牵起来，又问，你家的羊有多少只？

三十只，我妈说的，我没数。

那你为什么不数数呢？

不知道。

你多大了？

十岁。

你为什么不去上学呢？

不知道。

娃就睁大眼睛，看了看眼前这个人，不再说话了，但眼泪还是从娃的眼里滚落下来。

那人抬头看了看蓝蓝的天，也不再问娃了。

过了两天，娃被接到学校去了。

娃上学后，学习很刻苦，成绩也不错。娃总感觉背后有一股力量在支撑着他，给他解难，给他信心。于是，娃很顺利地上了大学，还读了硕士研究生。娃毕业后只干了几年时间就成了单位的骨干，后来又当上了领导。

娃在自己的成长过程中，时常想起小时候羊群散落的事。但几年前母亲走得急，没有给娃个答案。清明节，娃功成名就返乡。

娃开着车回老家给母亲上坟。娃想起母亲，又想起了自己小时候从山上放羊回来羊群散落时的情景，就情不自禁地将车往自己散羊的地方开。

娃的车快到山边。娃看到一位老人赶着一群羊从山上下来。

娃的车快到羊群边的时候，羊群就散开了。

老人就拼命地甩着手中的鞭子，可羊群还是散远了。

老人就一屁股坐在地上，犯愣。

娃下了车。

老伯，您的羊群跑散了？

散了。

为什么散了呢？

不知道。

您的羊有多少只？

大概有三十只……

娃像回到了小的时候，又问，老伯，您多大年纪了？

七十多了，跑不动了。

您这把年纪了，为什么还要到山上放羊呢？

唉，老人叹了口气说，二十多年前，我当领导的时候，到这里来调研，看到了一个娃，娃和母亲相依为命，没钱上学，回去后，我就掏钱让娃到了学校……唉，后来我就经常给娃上学的钱，从未间断，再后来……唉，当领导，往我家里跑的人很多，可就是娃从来没到我家里去过……没想到，万万没想到我还是被拖下了水，被革了职，还受了十年的苦，唉……一二十年了，出来后，我就时常想起娃……

娃听着老人的话，又仔细端详了老人一会儿，伸出颤抖的手，将老人扶起来，激动地说，老伯……老伯，您的羊，就是我的羊，我帮您圈拢来，好吗？

说这话的时候，娃的眼里就有了泪。

娃——

老人也抬头看了看娃，眼泪就流了出来。

娃紧紧地抱着老人，任泪水直往下淌。

搜索甲乙丙

现在的社会真是好啊，想要什么，只要拿起鼠标就能信手拈来。甲乙丙想看看自己的社会定位，就上网打上甲乙丙三个字，开始搜——

特级教师甲乙丙：在贫困的大山里，甲乙丙老师教着从一到六年级的二十多名学生，语数外、体美劳、教学与后勤全由他一人承担。二十多年来，这里的老师来了走，走了来，时间最长的就是那个来支教的大学生，大概三个月锻炼期满后就回城去了，可甲乙丙老师却扎根山区二十多年。他热爱学生、热爱学校、热爱山区。那天，天下着大雨，甲乙丙老师看到学校前边的河水暴涨，就穿上雨衣去接放假返校的学生，当他把最后一名学生送上岸后，精疲力竭的甲乙丙老师被河水冲走了，村民们顺着湍急的河水搜寻了两天才在下游好几公里远的地方找到他的遗体，后甲乙丙老师获得了一系列荣誉。

企业老板甲乙丙：改革开放的那阵，甲乙丙带着几个人经营着一个小作坊，后来不断扩大规模，企业才建了厂房，再后来经过吸收社会资金成立了公司，最后通过融资成立了股份公司，还上了市。企业老总经过几十年的打拼，把企业打造成了知名品牌，老总成了商界大亨。可最近，一媒体报道，据企业内部人士爆料，企业涉嫌掺杂使假，虚假宣传，欺骗顾客，生产的新产品存在严重缺陷。企业退单雪片般飞来，社会声讨日益加剧，权威部门介入调查，尽管企业开专题发布会时老总反复解释个中原委，而且还以最诚恳的泪水作出了郑重承诺，但社会形象已不可挽回，企业只好停产。老总面对巨额贷款和欠款，只好跳楼自决，成了众多媒体报道的头条新闻。

镇干部甲乙丙：从参加工作至今二十多年过去了，甲乙丙仍然是镇政府一名普通的办事员，领导换了一茬又一茬，可他却稳如泰山，不管东南西北风，我自岿然不动。他为人老实厚道，一不向组织提要求，二不颠三倒四说是言非，三不与人争名争利争位，四不讲分内分外该做不该做，年年测评满票优秀。面对苍天蛮不讲理的严重旱情，他主动申请到干旱最严重的坳子去帮助抗旱，为了在坳子里尽快打井找水，他没日没夜干了一个多月，最后倒在出水的机井旁再也没有醒来。他的事迹深深感动了当地干部群众，并组织报告团在全镇范围内进行宣讲，后又受到上级组织的命名表彰。

作家甲乙丙：才高八斗，学富五车，著书成册，获奖无数。甲乙丙用一支充满激情的笔挥就了丰硕的文学成果，证明了自己在文学界无可撼动的地位。在他的作品被改编成电视连续剧的过程中，甲乙丙和女主角发生了恋情，故事的结局就如连续剧的结尾一样，在跌宕起伏扣人心弦的剧情之后，他们最终演绎了一曲完美的生死恋，将自己的人生走到了尽头。后来又有作家在扼腕叹息的同时，将他的故事写得栩栩如生，走上了如他一样豪情泼墨的创作之路。

窃贼甲乙丙：窃贼流窜作案二十多个城市，窃得财物数百万，不与任何人联手，打一枪换一个地方，在思想深处建立了自己良好的"预警系统"和"防火墙"。而且窃贼窃财不窃色，窃富不窃贫，窃男不窃女，窃强不窃弱，不穿名牌，不开豪车，不包二奶，不养情人，严格遵守着自己构想的窃规窃德。但百密一疏，窃贼被抓的过程很平常很平淡，就因为他在窃第八个警察局时被机敏的警务人员发现踪迹，他也没再去想脱身的办法就举起了双手。窃贼在被关起来后，很快交代了自己所窃单位和人员的清单，交出了所窃财物。警察局在召开庆功大会的同时，将抓获窃贼的过程制作成惊心动魄的专题片，在电视台黄金时段连续播放。

甲乙丙按顺序逐个点开，细读了一个一个故事后，便开始快速浏览——智障甲乙丙被卖黑砖窑、游人甲乙丙在机动车追尾中遇难、干部甲乙丙出国考察拒归、影星甲乙丙出境生育三男两女……

甲乙丙想找自己的定位，却如大海捞针，一无所获，于是，重重地将鼠标往桌上一掷，嘿嘿地笑了一声，便歪在电脑椅上呼呼睡去。

帮　忙

　　哥在镇上工作时，响应镇里的号召，为镇办磷肥厂集资了两万块钱。在集资后不久，哥就从镇上调到了市直部门工作。当集资款快到期的时候，哥到镇上去要求退还集资款，但得到的答复着实让哥大吃一惊。镇上说，镇磷肥厂已经垮了。哥急忙问，那集资款咋办？镇上说，有钱就退，没钱咋退？你早干什么去了？

　　哥是搞技术的，加上为人有点儿迂，听镇上这么一说，就只好自个怨自个儿倒霉，回到家里也不敢跟嫂嫂说。待嫂嫂逼得急了，他就违心地说，急什么，人家那么大个镇，还怕炸你的靶不成？再说咱们现在也不等钱花。

　　可前不久，嫂嫂不知从哪里得到了真实消息，说磷肥厂早就垮了，过去的集资款好多人都退了，就你这个木鱼脑壳还待着？哥一时无法，只好答应马上去镇上找。

　　我来到哥嫂家的时候，嫂嫂刚刚出门。我看见哥闷闷不乐，一副愁眉苦脸的样子，就问哥是不是和嫂嫂吵嘴了。哥就跟我说了集资款的事，哥还说我又到镇上去了，人家还是那话，你让我咋向你嫂嫂交代呀。哥又说，中午在镇上一个原来很要好的朋友家吃饭时，朋友说他的集资款已经退了，而且好多人的都退了，没退的恐怕没几个了。哥说着就很悲伤，带着近乎哽咽的声音央求我，弟，你大小也是在官场上混的，看能不能给我帮帮忙。

我说，哪有这事？

哥说，朋友不会骗我。

我掏出手机，和镇长接通了电话。我对镇长说，我有件事想请镇长大人帮帮忙。哪知镇长还未等我说完就一口应承，没问题，您明天到镇上来，我亲自来办。

于是，我对哥说，哥，你放心，只要镇里退了一个人的集资款，我就有办法让他们也给你退了。

哥望着我，就朝我笑了笑，看来心情似乎轻松了许多。

第二天一早，我叫上司机就到了镇上，镇长果然在等我。我们在镇政府招待室寒暄了好一阵，也未能将话题扯到哥这件事上来。镇长只顾给我介绍他们在文化建设上所做的艰苦细致的工作和取得的巨大成绩，还邀请我到镇文化站看了看。我对镇长说，镇文化站是推进两个文明建设的一个窗口、一个阵地，过去镇里做了大量工作，但离创市级先进站的标准还有很大差距，因此必须进一步加大力度，尤其是要进一步加大投入的力度。镇长和文化站长对我的意见很赞成很重视，满口答应说，只要有领导的重视和支持，我们一定能够将镇文化站建成全市一流的先进站。

直到中午进餐的时候，我才和镇长说了哥的事，并将集资款的收据递给了镇长。镇长说，好说好说，先用餐，填饱肚子再说。镇长说着顺手将收据递到了文化站站长的手中，又对站长说，一定要按领导意见迅速办好。

镇长答应得很爽快，我也就安下心来，公事私事两不误，我很高兴地喝了几杯酒。酒酣耳热之际，文化站站长从口袋里掏出两张收据来，说，我们请示您给我们文化站建设拨点款，这张是两万，用于退还磷肥厂集资款，这张是五万，用于文化站的改造和建设，我们一定做到专款专用，按您的要求把镇文化站建成全市一流的先进站。

　　我端起的酒杯顿时停在了半空。

　　镇长见我发愣，连忙说，计划局黄局长九万，建设局赵局长十五万，经贸委欧主任十九万，到目前为止最多的还是古副市长，一下就给我们解决了三十万……磷肥厂的集资款，我们大都是这么退的，我首先代表全镇十万人民感谢您对我们镇的支持和厚爱。来，我再敬您一杯！

　　我喝醉了，不知是怎么回到城里，也不知是怎么回到家里的。

　　当天晚上，哥就给我打来了电话，我晕晕乎乎地说，哥，你跟嫂嫂说，事情办好了，恐怕还得等一段时间，因为我们单位账上还没钱——

我把笑给弄丢了

　　我是一个不会笑哪怕是微微一笑的人。没什么奇怪也没什么好笑的，我天生就缺少笑的基因。这是医生说的。

　　很早的时候，看到过我的人都说我会笑，而且笑得很好看，男孩儿一笑两个酒窝谁说不好看呢。那时 20 世纪 70 年代还未走过一半，我也只不过是一个两三岁的小孩，就在那天下午，我仍然笑过，就是抄我家的那些戴着红领巾的小哥哥小姐姐们把我爸我妈绑走的时候，我也没有停止过笑，我还以为他们在和我爸我妈做游戏呢。直到很长时间没见了我爸我妈，我哭了几天几夜，才把笑给弄丢了。后来听说，我爸我妈不学政治，一心一意搞什么科研项目，思想动机不正，被抓走后就再也没有回来。我自己也不知道这是为什么，为什么我那么小那么一刹那就把笑给弄丢了。

　　当我流落街头的时候，一对好心的农民夫妇把我领回了家，我总算是度过了饥一餐饱一餐的生活。他们总逗我笑，可我硬是没笑，闹得他们以为我是个有智力缺陷的孩子。他们把我送到医院去检查，我的一切都很正常，而且智力超群。医生只好说，看来这孩子天生就没有笑的细胞。他们不懂什么是细胞，总以为我是一个不太正常的人。他们逢人就说，这孩子，什么都好，就是不会笑。上了学，我超群的智力才得以发挥出来。在班上，我是绝对的第一名，没人能超越我，也没人能撼动我考试第一的地位。就因为我的出类拔萃，他们才对我放心了，而且就因为我的出类拔萃，他们也很是骄傲了一回。

大学毕业参加工作时，我被一个很有名气也很有实力的国有大型企业作为人才引进了。到那里后，我的专长得到了很好的发挥，承担了企业的几个大型科研项目，给企业带来了很大的效益。于是，在年终表彰会前，企业老总表态将对我重奖，并给我提供一大笔科研资金。工作干到这份上，照说我该笑了，可我没笑。这且不说，当企业老总在表彰会上给我发奖的时候，老总亲切地握着我的手，在场的闪光灯亮成了一片，老总的笑很自然，很开朗，可我却是面无表情，脸上没有一丁点儿的笑意。很显然，我的表情与老总的表情形成了巨大反差。要不是在场的记者们炒作，也许这事就过去了，可几天后，报纸上的图片，还有记者们的种种猜测就让我的命运百分之百地改变了。最后，老总就说我有性格缺陷，要调动我的工作岗位，我死活不愿意，可老总的决心很大，态度也很坚决，我不得不离开了这个工作岗位。

机会对每一个人来说都是均等的。有能理解我的好朋友给我建议，像你这样不会笑的人当领导最合适。机会终于来了。我参加了市里组织的公开招考，果然笔试获得了第一的好成绩，面试的时候，我仍然没有笑，后来听人说评委们认为我处事从容镇静，还给了我较高的分数。我如愿以偿地当上了领导干部。我不抽烟，不喝酒，不打扑克，不沾麻将，不洗头，不捶背，不进歌厅，不上舞厅，组织上交给我的事我就老老实实地办，认认真真地完成，算得上是得心应手。我从不笑，大家都认为我坚持原则，秉公办事，有一种威严感。可到了年底，组织部门来考核，我的得票情况却大大地出乎我的意料。正当我大惑不解的时候，有人悄悄地告诉我，说我最大的弊病是——社会关系缺陷。我顿时就蒙了。

我去找医生，我说请帮我好好诊诊看，看我是不是有智力、性格和社会关系"三大缺陷"，不然，我怎么就不会笑呢？医生说认识我，说我是领导，领导怎么会有缺陷呢，不过，当领导有时还是应该笑一笑的。于是，医生挺幽默地逗我，还从头到脚地对我进行检查，不停地对我进行感觉刺激，这时，我确实想到了笑，可不知为什么我就是笑不出来。我憋了很长一口气，努力去笑，最终只听见了如放屁一样的响声。医生皱紧了眉头，很放松地说，看来你天生没有笑的基因。我说，不可能，别人都说我原本是会笑的呀，可能是我把笑弄丢了。笑怎么可能弄丢呢？医生摇了摇头，再没睬我。

走出医院大门，我自言自语地说，我有笑的基因，真的是我把它弄丢了。

时间会告诉你

华快三十岁了，瘦瘦的，既不英俊，也不潇洒，大学毕业参加工作近十年，还是公司的一名业务员。琳二十出头，身材匀称，年轻漂亮，高中毕业后安排在公司下级单位工作，三个月前被抽调到公司办公室。

经理生日那天，公司举办了一场晚会，从唱歌到跳舞，华和琳也从相识到相知，不久就恋爱了。

可正当两人的爱情突飞猛进的时候，有人给琳透露说，华和单位一位叫琴的少妇暗恋。

和华约会，琳往日的激情大幅降温，两人交往就有点儿别扭。华觉得很奇怪，就问琳哪儿不舒服？

琳的脸色有点儿灰，脸上的肉一跳一跳的，不自然。

之前你真没恋爱过？琳原本不想现在就说，可不知为什么嘴边的话情不自禁地说了出来。

没有，绝对没有。华语气坚定。

华的表情很绝对，琳抬头看着华。

你就直说吧，我和谁恋爱过？

琳就问，你和琴之间——

华说，咱们是同事，不信你就去问我们赵副科长。

大概是琳的追问来得实在是太突然，华就觉得琳没有尊重自己的人格，说完这句话，扬长而去。

华的举动也大大出乎琳的意料。

琳就想，非把这事儿问清楚不可。

那天下班，赵副科长的摩托车刚响，琳就朝赵副科长喊，赵科长，送我一程？琳边说边跑过来牢牢地坐在了赵副科长的后面。

赵副科长人特老实，琳坐在车后面，他一句话也不说。

走到半路，琳耐不住了，问，你们单位是不是有位叫琴的？

有。赵副科长只说了一个字。

和华一个科室？

是。赵副科长还是一个字。

你觉得他们咋样？

好。赵副科长仍只一个字。

哪方面？

各方面。不信，你去问钱科长，他比我清楚。

赵副科长说这话的时候，琳的目的地也到了。

问钱科长？琳还真想问问钱科长。

于是，琳托朋友萍找钱科长到酒店去喝酒。钱科长虽没有过硬的文凭，但在科长的位置上已经干了好几年，油嘴滑舌的，很健谈。再说美酒配佳人，钱科长似乎和萍很谈得来，两人天南海北地侃了一个多小时，一直不入正题。琳多次向萍使眼色，萍好像没看见似的。尽管在一旁听得津津有味，但琳想，总不能一点儿效果都没有就收场吧。酒不停地喝，话也不停地说，一会儿，钱科长的话匣子几乎全放开了。琳就再次向萍使了眼角，萍很快就心领神会，说，钱科长，琴在你们单位咋样？

琴啊，那可是很有风韵的少妇噢。还没等萍再问，钱科长就说，咋？想听故事？

戏来了。琳想。

来，先喝酒再说，算是加点味道添个菜。萍显得很平静。

钱科长连珠炮似的讲开了：琴是一位漂亮女人，年轻的时候，很多人追她追得发疯。据说有一位小伙子跪在她面前说"我爱你"，琴感到非常吃惊，睬都没睬那小子，转身就走，小伙子就跪在那里念叨了一天一夜的"我爱你"，最后竟疯疯癫癫地跑到大街上碰到女人就下跪说"我爱你"。有一位大款托人专门做琴的工作，说，只要琴愿意嫁给他，他将让琴什么事也不做，要什么给什么，带她到世界各地去旅游。琴这人不知咋想的，放着条件那么好的人不嫁，偏偏看中了一位卡车司机，还比她大好几岁。有一次，经理喝多了酒，就跑到琴那里去了。后来不知怎么华也去了。是华将醉得人事不省的经理从琴家里背下楼的。

华？华到那里去干什么？琳立刻就问，很慌乱。

不知道。钱科长呷了口酒，接着说，华年纪轻，琴在科里有好多事都找华，而且很多场合都和华在一起，比如说有人请吃饭、外出办事等，因此，有人议论说，华这是交上哪门子桃花运了，能和琴这样的女人在一起，这人生也不枉一回了。

有这事？萍问。

我是科长，我能不知道吗？科长又呷了口酒，说，话说回来，华还真是栽在了这个漂亮女人手里，虽然没有人拿出琴和华的证据，可人们都有一种不太平衡的心理，尤其是我们经理——你说华能有好果子吃吗？后来，琴不知为什么就走了。听经理说，琴的丈夫出了车祸，琴去照料，就一直没有回来。

说着说着，钱科长的语气不觉变得沉重起来。

好了，钱科长，您的故事很精彩。琳向萍使了个眼色，萍就让钱科长打

156

住了。

从酒店出来，琳重重地握住了萍的手。

正当琳感觉心里一块石头要落地的时候，电话响了。

琳——。话筒里传来华的声音。

找我有事？琳的声音轻轻的，有些淡。

你不是想问我和琴之间的事吗？

我已经知道了。

我想说的是，你想知道的，时间会告诉你——

冷血朋友

人生风险，漠然处之。朋友似乎发自内心。

我觉似是而非，问其故。

朋友回答，生命中有老弱病残，生存上有苦痛酸辣，生活里有悲欢离合，商场上有假冒伪劣，情场上有逢场作戏，官场上有尔虞我诈。

我辩之。朋友又硬朗地答，客观存在，现实所在，无处不在。朋友的观点并非独到，但朋友的行为实在难觅。

我和朋友交往，感悟至深。

酒店聚餐，其中有好几位是单位的头头。诚邀朋友，拒之，死拽硬拉，方才赏脸。我一一介绍，几个头头看朋友斯文，都说幸会幸会。落座，上茶，饭前娱乐，不带彩，不赌博，只想营造点活跃气氛。朋友无可奈何地说，既来之，则安之，就陪几位领导"拖拉机"几盘吧。收牌开饭，谈输论赢，大号对大鼓，吹的吹，擂的擂，没完没了，朋友则沉默不语。

菜上桌，朋友乃一介斋公。劝之则答，酒伤肝，辣伤胃，热添火，冷刺心。餐毕，众人皆头昏耳热，大声大气，痛斥酒之孽罪。朋友却不摇不晃，俨然一种世人皆醉我独醒的孤傲之态。

我对朋友不善交际、不谙世事而感到诧异。

朋友有一个不错的单位。虽非要官，但位居要害。朋友在岗十年，既没升，也没降，四平八稳。我操了一回野心，别人找我帮忙的事刚好由朋友管辖，于是我拍胸表态，这事儿包在我身上，准成。哪知朋友翻来覆去，思来想去老半天，最后说了句：商量商量再说。我怒言相激，可朋友不愠不火，心平气和，并不多言语。我心里一阵嘀咕，这点小事都不给办，你还算朋友吗？就是个冷血动物。朋友没生气，还冲我笑。

我对朋友的无情、保守、推托再次感到诧异。

事后，难得朋友热心一回，请我到他家做客。刚入话题，便有了敲门声，隔着防盗门，朋友见来客提一大礼包，慢条斯理地问，啥事？客人回答，到您家坐坐，没啥事。朋友皱着眉头说，没啥事，找错人了吧？客人连忙搬出后台，没错，我是头头介绍来的。

我知趣地起身告辞，朋友一边强留我，一边淡淡地对客人说，东西放外边，钱递进来就行了。看得出客人意外之中略带几分欣喜。

我暗骂道，真他妈心黑，认钱不认人，不帮忙也难怪！

后来，更令我诧异的消息传来，朋友单位的头头出事了，朋友居然被提拔成了单位的头头。有人掐指算账，朋友的索款正好是办事的一切费用。

所有票据，立于账中。

唐九的梦

这段时间，唐九老梦见自己是一头牛，拉着车，却不知道前面有道坎儿，脚下一绊，栽了下去。唐九就醒了，坐在床上，心里乱。

第二次做这个梦的时候，唐九就一脚蹬到了妻子的腿上，妻子的腿青了一大块，妻子哇哇地叫，还哭了。

唐九不知道自己为什么要做这样的梦，而且每次做梦都要狠狠地蹬妻子一脚。妻子从哭到怒，从怒到静，从静到笑。

唐九最后一次蹬妻子的时候，妻子说："唐九，我算是让你蹬明白了，你是当上了老总，嫌弃我了，想一脚把我给'蹬'了？"

唐九说："哪儿的事嘛？"

"那你为啥天天蹬我呢？"

"我做梦了。"

"做梦就蹬人，你过去咋没有呢？"

唐九没法回答妻子。

唐九说："我梦见自己变成了一头牛，只顾拉车，没看前面的路，我真不知道前面有道坎儿，坎儿把我绊倒了，我想站起来，一使劲，就蹬了你。"

妻子没吱声。

其实，唐九和妻子的感情一直很好，能有今天，唐九还真得感谢妻子对他的支持。

唐九对自己常做这样的梦也感到莫名其妙。在没有当老总之前，自己从来都是只知道工作，晚上回到家里一倒在床上就睡得呼噜连天，就连妻子也埋怨他，"你看你，一回家便睡得像死猪一样，啥事也不知道做！"

当上老总后不久，唐九就老做梦，梦得最多的还是自己变成了一头牛，蹬妻子一脚。每次蹬过之后，唐九都很后悔，都要向妻子解释自己的梦。

妻子从理解到责怪，到冷脸，到怀疑，到愤怒，是唐九将他们深厚的夫妻感情一脚一脚蹬到了现在的地步。唐九想控制，但始终没有控制住，仍然是做同样的梦，同样蹬妻子一脚。从此，每天早上，唐九的心情都很复杂，心里都很乱。

这天早上起床后，妻子没有给他做早饭，唐九知道妻子心里已经把晚上蹬她的事套到他俩的感情上去，绝望了。

唐九刚洗漱完，车子就来了，他还没来得及再向妻子作出解释，就到省城参加订货会去了。这是唐九第一次被作为特邀嘉宾出席订货会。

订货会的举办者给他这样老总级的嘉宾都安排了套房。

在参加完开幕式后，举办者组织了一系列的观摩活动。吃过晚饭，唐九回到套房盥洗完毕后，没有去参加举办者安排的专场舞会，想在房间看看电视，顺便把白天观摩的情况思考一下，看看该签个什么样的合同。

房间的电话响了。唐九拿起电话，听了几句话，挂断了。过了一会儿，电话又来了，唐九愣了会儿，还是接了，一放到耳边，说了声"无聊"，就挂断了。又过了一会儿，电话再次响起，唐九本想不接，但又怕是会务组打来的业务电话，就接了，这次，唐九没挂，而是狠狠地将话筒放在了一边。

唐九觉得困了，一躺下就打起了呼噜。

半夜，唐九又做起了梦，还是和在家里做的梦一样，他梦见自己变成了一头牛，只知道埋头拉车，却不知道前面有道坎儿，跌倒了想站起来，于是，他狠狠地蹬了一脚——

唐九从床上坐起来，扪着怦怦跳的胸口，直喘粗气。他揉揉眼，就隐约看见一头秀发从房间里哎哟哎哟地叫着跑了出去，留下一股醉人的清香。

第二天，唐九和举办单位草签了个合同，就匆匆赶回了家。他靠着妻子给他的背，辗转难眠。

夜里，唐九还是做了个同样的梦，他仍然梦见自己变成了一头牛，牛埋头拉着车，没看到前面的坎儿，牛摔倒了，拼命地站起来，站起来，竟然真的站起来了——

唐九高兴，激动，猛地从床上坐起来，醒了。

唐九翻身把妻子压在下面，问："我没蹬你吧？"

"蹬蹬蹬，要蹬你就蹬吧，不就是迟早的事吗?!"妻子迷糊着眼，咕噜着。

"我做梦了——我做梦了——我没蹬你——没蹬你！"唐九紧紧地抱着妻子，亲热了起来。

今天不给钱我就不走了

特产公司的赵总遇到了件麻烦事。王冲村村民王一仁蓬头垢面神情木讷地来到赵总办公室，一屁股坐在皮沙发上说，特产公司欠我一千斤黑木耳的钱，今天不给钱我就不走了。

赵总根本就不认识王一仁。赵总打电话叫来采购部孙主任问有没有这回事儿。孙主任来到赵总办公室的时候，瞟都没瞟王一仁一眼。赵总指了指王一仁，说，他是王冲村的，我们是不是欠了他一千斤黑木耳的钱。孙主任这才扭过头去瞟了一眼王一仁，但孙主任很快就说，没有啊，我连他认都不认识，怎么会欠他的钱呢。王一仁坐在那里一声不吭。赵总又吩咐孙主任到各部门找所有的人问一下。孙主任走了约莫半个时辰后又来到赵总办公室，很有把握地说，大伙儿都说不认识这个叫王一仁的家伙，而且大伙儿都说王冲村的人很难缠，从不和王冲村的人做生意。于是，赵总就问王一仁，你凭啥说我们欠你钱？王一仁嘿嘿地笑了几声，说，特产公司欠我一千斤黑木耳的钱，今天不给钱我就不走了。孙主任也在旁边帮腔，我们不欠你的钱，咋给你？王一仁像没听见似的，又一声不吭了。

赵总仰头靠在皮椅上，闭了一会儿眼，又坐起来，整了整西服，他发现王一仁一双大大的眼睛直直地盯着他看，眼珠子好像动也没动一下。赵总想发火，但他不得不强忍着。赵总看着王一仁问，你是王冲村的？你们王冲村人咋能这样呢？你到底凭什么说我们欠你的钱？你又有什么证据？面对赵总一连串的问题，王一仁的眼睛瞪大了。王一仁很机械地哑开了嘴，说，特产公司欠我一千斤黑木耳的钱，今天不给钱我就不走了。孙主任看来是听不下去了，很愤怒地说，姓王的，我们赵总说了，我们不欠你的钱，请你马上给我走开。王一仁的眼珠子就转向了孙主任这边，但只在孙主任的脸上停留了片刻。孙主任显然是被王一仁一双大大的眼睛震慑住了，没敢做出动作来。

刘秘书进门的时候，冲孙主任笑了笑，就径直走到赵总办公桌前说，赵总好，这是近几天上级发下来的文件和各部门报上来的采购和销售情况，请您阅示。赵总从鼻子里哼出了点声音。刘秘书就看到赵总的脸色发白。刘秘书问，赵总，您病了？要不要叫车来把您送到医院去看看？赵总又闭上眼睛，将头靠在皮椅上。刘秘书明显感觉到了赵总沉重的呼吸。刘秘书本想问问孙主任，但她看到孙主任的脸色似乎也有点儿不对劲，站在门口一言不发，眼睛盯着蓬头垢面的王一仁。于是，刘秘书就顺着孙主任的目光将自己的眼睛定格在了王一仁身上。你是谁？有啥事儿？你和我们赵总是啥关系？刘秘书将目光瞄向王一仁就一口气问了三个问题。王一仁看了一眼刘秘书细嫩的脸蛋和丰满的胸脯，就闭上眼睛，自言自语地说，特产公司欠我一千斤黑木耳的钱，今天不给钱我就不走了。刘秘书转眼看了看赵总，赵总仍是面无表情，又看了看孙主任，孙主任忙说，他说他叫王一仁，是王冲村的，我们大伙儿都不认识他，也没有哪个业务员和他做过黑木耳生意，我们不欠他的钱，我看他像个讨米要饭的，神经有问题。刘秘书就问王一仁，你怎么说我们欠你的钱呢？你又有什么证据？欠你的钱当然会给你，可我们不欠你的钱呀！刘秘书说话的声音很柔和。王一仁的眼睛顿时就睁开了，而且大大的眼睛占了他半张脸。王一仁的声音也小了许多，特产公司欠我一千斤黑木耳的钱，今天不给钱我就不走了。王一仁的声音很小但口气很硬，也很有力气。

赵总办公桌上的电话响了，可赵总的头仍然靠在皮椅上。刘秘书连忙过去接听电话。喂，是，是赵总办公室，我是他秘书，找赵总啊。刘秘书将话筒伸到赵总面前。赵总伸出手拿起话筒，附在耳边，头依然靠在皮椅上，双目依然闭着。赵总听着电话，眼睛就睁开了，而且愈睁愈大，直到像王一仁一样，大得占据了半张脸，才依依不舍地看了看话筒，"啪"的一声重重地掷在了桌子上。赵总突然来了精神似的，问，你是王冲村的？你叫王一仁？你做过黑木耳生意？特产公司欠你一千斤黑木耳的钱？王一仁听着赵总的问话，眼睛也开始放大，放大，再放大，嘴里又一次哐出了很坚定的声音，特产公司欠我一千斤黑木耳的钱，今天不给钱我就不走了。太好了，太好了，是的，是的，欠你钱，欠你钱，走，王一仁，走，咱们一起拿钱去，咱们一起拿钱去——赵总边说边用手指敲桌子，很兴奋，很激动。孙主任和刘秘书就瞪着眼睛，不知发生了什么事。

　　第二天，人们看到西装革履的赵总和精神抖擞的王一仁押着一辆大货车将一千斤黑木耳拉到了特产公司。据同来的公安人员说，王一仁在做黑木耳生意时，被一家自称是当地最大"特产公司"的两名业务员给骗了，当王一仁识破他们的诡计后，突然被一棍子打倒在地，待他醒来时不仅身上的钱财被洗劫，而且记忆也模糊了，但他心里只知道是特产公司骗了他，于是，他就找到这里来了。最近，这个行骗团伙被公安机关捣毁，两名骗子交代了对王一仁连骗带抢的过程。为了证实王一仁被骗一事，才打电话给赵总，让他给王一仁一千斤黑木耳的钱，以唤起他的记忆。王一仁在拿到了一千斤黑木耳的钱后，果然清醒了，而且还很清醒地找到了骗他的那个"特产公司"，也认出了那两个将他打昏在地后抢走他钱财的骗子。

大林和小林

　　大林和小林大学毕业后各奔东西，大林到了沿海大城市，小林到了家乡小县城。十多年来，两人从未谋面，但保持着电话联系。在电话中，小林得知大林从一家国有公司跳槽出来自己做，成了私营企业的老板。大林得知小林从一般干部混到了局长的位置，又兼任了本地一家国有公司的总经理。两人约定，五一放假期间见见面、走动走动。小林说："你离开家乡十几年了，不如你先回来看看。"

　　于是，五一这天，小林亲自开着单位的豪华轿车到省城的机场将大林接到了县城，安排大林住最豪华的宾馆，上最豪华的酒楼，接下来又安排大林今日逛公园，明天游景点，整天陪着大林，有重要客户来了，小林谎称在外地出差不能接待，县里通知开会，小林就派一名副手去参加。大林想到小林他们公司去看看，小林说公司有啥看头，玩够再说。小林很潇洒，花钱也大方。临别时，大林说："太让你破费了。"小林说："管他呢，反正是公家开支，有权不用过期作废。"

　　两个月后，小林带着两名随行人员到南方出差，名义上是招商引资，实际上是游山玩水。小林在南方绕了一大圈后，绕到了大林所在的城市。和大林通了电话，大林非常高兴，但很歉意地说，我今天要与一位客户签合同，不能亲自去接你，公关部经理会在机场恭候你。大林直到很晚才到招待所来看望小林。小林满脸不快，心里直犯嘀咕，真小气，正宗的奸商！大林说："我想请你们几位内地来的企业家明天到我公司里指导指导，也请老同学帮我出出主意。"小林本想推辞，但看到大林一副非常诚恳的样子，就勉强答应了。

第二天，小林到大林的公司参观。公司员工埋头干着自己的事，显得很安静，这多少让小林有些失望，但在听了公关部经理的介绍后，小林感到既惊讶又惭愧。就这么一二十号人研发高科技产品，比咱们几百号人创造的产值还要多，而且每年净赚好几百万，哪像咱们厂，每年净亏上百万。

午餐仍然在大林公司招待所吃工作餐，酒水自便。小林喝了几杯酒后说："大林啊，我这次出来有个很重要的任务是招商引资，你能不能向我们公司投点资，让我们也弄几个高科技新产品出来，这既是对我工作的支持，也是你对家乡人民做的贡献？"

大林接过话茬，说："上次回去时我有投资的想法，但回来后，我改主意了。"

"为什么？"小林不解地问。

大林回答说："作为家乡人，我非常感激你的热情，作为老同学，我也非常感谢你的款待，但作为一名企业的经营者，我非常惊讶你的松懈和慷慨。"

小林说："什么意思？"

大林说："办企业只有像鸡下蛋蛋孵鸡一样不断积累、滚动发展，才能增加效益、逐步壮大，如果给鸡喂了食，它却既不长肉也不下蛋，还不如把它杀了煨锅汤。你是企业家，应该比我理解的层次更深。"

小林沉默了好一会儿，才若有所悟。

临走时，小林谦逊而且诚恳地说："欢迎你下次回去到我们公司走走！"

大林说："一定，一定！"

回头是灿烂的霞

夕阳西下，霞光晚照，奔驰的列车呼啸着钻进了晚霞映衬的天空。兄弟，别紧张，兴许咱俩这次旅行能淘个大宝贝呢！记得咱们到这个小城的豪华小区，开着从路边弄到手的小车大摇大摆地进去，有谁为难过咱们了？一进去，三下两下就把几十家都服务到了，还能大摇大摆地出来。尽管没有很大的成就，但小收获还是让咱们挺知足的。小地方毕竟是小地方，搞了那么多次，只能弄个好吃的好喝的，想搞个存款之类的太难了。不是吗，谁不想快速致富有个积累呀！不知哪个同事的话让咱们听后如醍醐灌顶，幡然顿悟，他们说咱们太没出息，像咱们这样的手艺和技术，在这小地方混太浪费太委屈了。一想也是的，搞咱们这行只能暗中操作，风险又大，与其在这样的小地方混口饭吃，还不如到大城市去发展。你看那个小城里的什么企业，他们都觉得在小地方来钱太慢，把总部都搬到大城市去了。看来还是别人说得对，大地方有钱人特多，而且个个财大气粗，试想咱们的投入虽然没变，但效益可能就是成倍甚至百倍万倍的。咱们也得有个"抓大放小"的意识，与时俱进呀！进了大城市，咱们定个标准，只要现金，不取物品，如何？当然好，听说大城市的物品都特值钱，可咱们是穷家小子，不识货，再说就是拿了值钱的东西，卖贱了别人会笑话咱们，说咱们不识货，土气，还不知便宜了谁；咱把价往高说了，太扎眼，说不定被抓进牢了，咱还不明不白的。听同行说，他们去大城市的时候，首秀居然看到的是一段真人秀！晦气！晦气！晦气！连说三遍咱都觉得少。同行说他们后来还有过三次不同寻常的经历，咱也先拿出来分析分析，以便吸取教训，指导行动。原文是这样的：一次，咱们还以为进去后没人，没曾想那里还有暗室，一桌人正在打麻将，搞得乌烟瘴气的，一甩就是一大扎，看得咱们心惊肉跳的，像这样子，就是想下手也没法子，论实力，人家四咱二，缺兵少将，力量严重不足，再说，要是影响了别人的兴趣，赢了的一高兴，或许还大大方方地甩两扎过来花花，可那输了的呢，不拿刀把咱们当猪宰才怪，罢了罢了。又一次，还听说是个曾经的什么大干部，进去后，旧桌子，破凳子，烂柜子，没冰箱，没电脑，有台电视机是早就淘汰了的黑白机，待进房间后才发现床上躺着个死人，不，是活人，一个活着的死老头，当在屋里搜了一圈，准备离开时，那死老头说话了：小伙子，都翻过了，顺便帮我翻翻身吧！真差点没把人吓个半死！罢罢罢，赶快撤吧。还有一次，咱们到了一个单位的财务室，那钱哪可是不少，一捆一捆的码在保险柜里，真是要把人给精神疯了，你想，这单位还是与个人有着天壤之别啊！于是咱们俩脱下裤子当包袱，那一捆一捆的钱硬是把两条裤子的裤筒都装满了，可正要离开时，却不知从哪个地方传来声音：同志，这是公共财物，您的容貌和一举一动已被电脑直接记录和保存，您只有物归原处，所有记录才能自动删除！罢了，还穿裤子干什么，溜吧。好了，故事讲完了，兄弟，该下车了！哎呀，我的个妈，咱这腿怎么就不听使唤，尽朝大盖帽同志走去干什么？咱们虽然还没吃早饭，还没露手艺儿，但咱不愿意现在就戴上这冰冷的"手镯"，否则，也太那个了……回头，洗手，咱什么也不干了！行吗？你看这天刚蒙蒙亮的，寂静得很，只有天边被映衬得灿烂的朝霞。

搬　家

　　王一民一家在两间小屋里蜗居了十几年，总想换套宽阔点的单元房住住。但王一民家庭经济又不太富裕，于是，他就想买一套既便宜又实惠的居室。

　　在这个人口并不算多的小县城，其实便宜的住房有的是，可王一民就是得不到这样的信息。以前，王一民的隔壁在搬走的时候，就对王一民说，我家在县政府大院里买了一套单元房，70多平方米，只花了一万多块钱，三口之家，够了。王一民就羡慕得啧啧地直瞪眼睛，县政府大院有这等好事？这好事你是怎么摸到手的？人家只是笑笑，并不正面回答他。过了半月，王一民的又一隔壁搬走了。临走的时候，人家专门到王一民家来辞行，王一民就问，搬到哪去？人家说，我们的好邻居王一民先生，像我们这样的穷家小户能搬到哪去呢，我当建筑老板的表哥在花园小区买了一套180多平方米的单元房，三楼，让我们搬过去。看着人家得意的笑容，王一民低着头就进了屋。

　　不久，王一民的隔壁的隔壁搬走了，又过了一段时间，王一民隔壁的隔壁的隔壁又搬走了，而且每家在搬走的时候都有很好的理由，只有王一民至今仍不知道自己要搬的房子在哪里。

　　王一民听别人说，在房屋交易中心可以选购自己所需要的房子。于是，王一民就拿着身份证到房屋交易中心去登了记，填了表，还说了一下具体想法。

在他离开的时候，交易中心的同志对他说，我们会用最快的速度，最短的时间，提供您最需要的信息的。

让王一民感到高兴的是，第二天，房屋交易中心就给他打来电话，说有一套三居室的单元房，让他去看看。王一民按照交易中心提供的地址，来到河边一栋很旧的居民楼里，问了好几个人才找到那套房子。房子是县税务局老局长的，老局长不久前去世了，儿女们就想将房子处理掉。但当王一民得知老局长是死在房子里时，心里就感到有点儿害怕和局促不安。尽管是老局长的房子，但总归是死了人的，在小县城这地方，人死在家里，是不吉利的。于是，王一民看了房子后，对交易中心的同志说，这房子太旧，看看有没有新一点的。

过了一周，交易中心又给王一民打来电话，说是一女人有一套三室一厅的房子要出售。王一民就又按照交易中心提供的地址来到女人家里，女人很富态，居住的房子也是三楼。女人对王一民非常客气，给王一民让了座，倒了茶，递了烟，之后便和王一民拉呱起来。女人和王一民拉呱了好一会儿，就是不提卖房子的事。王一民喝了几口茶，手指夹着半截香烟，在女人房子里踱了几个来回，可女人还是没提卖房的事。这真的让王一民感到莫名其妙。王一民走出女人房子的时候，女人主动伸出手，对王一民说，有空就到我家里来坐坐！王一民从女人屋里出来，呸了一声，自言自语地说，我是来买房子的，又不是来陪你聊天的！王一民给交易中心打电话说，人家根本就没提卖房子的事！

此后，王一民在交易中心的介绍下，每周都要去找几处地方，看几套房子，却没有让王一民满意的。王一民就感到这家也太难搬了，自己怎么就没有隔壁们那么好的事儿呢？

三个月后，王一民照样接到了交易中心打来的电话，交易中心的同志在电话里说，城郊路边有一栋半新单元楼，那里的单元房价格便宜，面积大，请王一民马上去看。这一次王一民看了房子之后非常满意，回到家里当天就把钱筹备好，并在把房款外加百分之三的中介费交给了交易中心后，很快就搬了过去。

总算住上了单元房，王一民喜不自禁。可一月后的一天傍晚，王一民刚走到楼房前，就看见一摊人挤拥着不断地指手画脚，还不断地从口里喷出唾沫星子来。王一民脑袋嗡嗡地往前凑，隐约就看到了墙上写着的"后退五米，拆"的大红字样。

当天晚上，王一民几次在梦里被拆房的吓人场景惊醒。

王一民一家又搬到蜗居了十几年的那两间平房里，让王一民感到奇怪的是，他原来的隔壁、隔壁的隔壁和隔壁的隔壁的隔壁也都搬了回来，而且谁也没有问谁搬回来的原因……

有爹为伴

天空中飘着淡淡的云彩。娃在稻田里割着稻子，心情却和稻穗一样沉。

娃跟爹说："爹，我把稻子收了就出去打工，这大学咱不上了。您放心，我都高中毕业了，识字，您就放心好了。"

爹说："娃，你别说了，这书还得读。你娘去得早，你看我都把你拉扯这么大了，爹要是不让你把书读完，那你娘也不会放过我呀！"

娃可从来没听爹跟他这样说过话，听着爹的话，娃心里一软，就放下镰刀，端详着爹弯曲的身躯，眼泪就往下掉。

娃心里知道，爹为了自己能够读书，捡了别人的田，还要到附近打零工。在这个偏僻的小山村，能够像娃这样大还在读书已经很不错了。以前，娃几次跟爹说："爹，你就让我出去打工吧，你看人家出去的多少都有个收入，家里比咱强多了。"哪知爹一听就发火，"你小子，反了你了，你要是敢不读书，爹马上就赶你娘去！"娃就什么也不说了，只好乖乖地在学校好好读书。

娃读完大学就参加工作了。参加工作不久又参加了国家公务员考试，顺利地成了一名国家工作人员。娃工作起来就像读书一样认真刻苦，又很负责任，在单位很受人喜爱。娃后来又经过了两次考试，从单位的一名副股长考上了副局长，又从副局长考到了市委政研室副主任的位置，再后来又被安排到自己的

173

家乡当上了县长。

　　娃在自己位置不断变化的过程中，因为事情多，很少回家看爹，因此，心里始终觉得对不住爹。娃上任的第一天，就回到村里，看到了依然脸朝黄土背朝天，在田里勤勤恳恳劳作的爹。娃下车来到爹耕作的田间的时候，爹挽起裤腿，用他那双沾满泥土的手紧紧地拉着娃的手，端详着娃，什么话也说不出来。

　　娃看着爹，就说："爹，您真是太辛苦了，过段时间，我接您到城里去。"

　　爹说："娃，你事情多，爹不想给你添麻烦，你看爹这身体还能撑，田还种得，爹吃自己做的饭心里也踏实。"

　　娃听着爹的话，手机响了，接完电话就走了。娃走的时候，还是说："爹，过几天，我来接您……"

　　爹跟娃说："你就安心工作，别瞎操爹的心！"

　　爹没跟娃一起住，依然住着他那几间土坯房。可娃当县长的一年时间里，爹的这间土坯房却成了好多人常来的地方，有的是逢年过节来，有的是顺路来看看，有的还是专门从老远的地方跑过来，尤其是爹过生日的那天，娃来了，后来陆陆续续地来了好多人，还放了几个时辰的冲天炮。

　　不久，爹住的地方也被拆了，尽管爹不肯，但人家说要搞新农村建设，首先要爹带个头。于是爹的房子盖起来了，大三间的瓦房。

　　爹住着新房反倒不适应了。爹就给娃打电话，说："娃，爹在这房子里住不踏实，想到城里和你一起住。"

　　娃就在电话里说："爹，您老这么一把子年纪，该享享福了。我看田您就别再种了，再说那三间大瓦房冬暖夏凉的，您住那儿比我这楼房强多了。再说，您老到城里来，没人陪，您耐得住？"

　　可爹不管那么多，爹就说："娃，你嫌弃俺了？俺只想去和你住几天试试。"

娃没办法，只好让爹到城里和自己住在了一起。于是，爹就在娃家里看到了一些事情，也证实了自己的猜想。

　　和娃在一起只住了一个多月，爹就闹着要回到乡下去。娃没时间和爹多说就答应了。爹回去的时候，娃接到了县纪委打来的电话，愣了好一会儿的娃看着爹，一声不吭，后来就深情地叫了声："爹……您别走。"

　　爹收拾好行李，对娃说："娃，稻子又要收割了，爹还是想回去。爹不图你当多大的官，不图你娶多漂亮的媳妇，也不图你发多大的财，爹图的是你一生的平安！"

　　娃就看着爹长满皱纹的脸，眼泪情不自禁地往下流。

致黄鼠狼先生

尊敬的黄鼠狼先生：

您好！惊悉您春节期间要给我们拜年，感激涕泗！

我们鸡家给您写这封信，并不是想阻止您拜年计划的顺利实施，也不是想淡化我们与您通过长期交往所确定下来的世世代代的"友好"关系，更不想影响您在我们鸡氏家族中至高无尚的无可比拟的劲德无量的崇高地位。我们对您的到来表示热烈欢迎！

我们的接待定在鸡笼宾馆。鸡笼宾馆占地面积不大，环境也不算优雅，但绝对牢固、安全、可靠。既不会出现像四川綦江一样的"豆腐渣"工程，也不会出现像河南焦作夜总会一样的火灾事故。这里设施虽然陈旧了点，但服务质量一流，基本上是吃喝玩乐一条龙服务，不过，可能离您的要求尚有较大差距。我们一定要让您有家庭般的温暖，以作为对您关爱之心的回报。

您放下神圣的架子，要主动给我们拜年了，这可是空前绝后的。我们知道您的上面还有好多领导，好多部门，而且都直接掌握着您的生杀大权，与您生命攸关，得罪了他们，您的职位随时可能被"莫须有"地撤销，你的性命随时可能被无端地剥夺，您的家眷随时可能被株连，但您的这种不跑上层跑基层，不找上级找下级的决定着实让我们感到异常激动，这充分说明了有人说您深入基层不够，联系群众不够，好大喜功，贪功诿过，碌碌无为绝对是一派胡言；也充分说明了有人说您喜欢高高在上，善于发号施令，专横跋扈，鱼肉庶民，胡作非为纯属是造谣和污蔑。您的到来，足以证明您平易近人、贴近群众的良好形象。

您决定轻车简从，在夜深人静的时候给我们拜年，我们感到既兴奋，又惊讶，更多的是担心。兴奋的是您作为领导能够以身作则，率先垂范，带头勤俭节约，避免铺张浪费，不像现在有的领导下基层，身边围一群，小车几十辆，乐队敲锣打鼓，学生敬献鲜花，下属夹道欢迎，浩浩荡荡，气势恢宏。您这样做是为了不惊动乡邻，不惊扰他人，不惊吓群众，完全是一种替别人考虑，为他人着想的默默无闻的奉献精神的最好体现，完全是一种开前人先河，给后人警示的开拓进取的创新精神的最好反映。但我们担心的是您的身体和安全。春节前后，一般都是月黑风高，如果再遇上天雨路滑，不仅搞得您行动不便，而且一旦有什么紧急情况，我们也不好替您扫清道路，排除障碍。据我们打探到的信息，因为您的皮毛十分珍贵，有不法之徒千方百计想置您于死地，他们白天怕暴露目标，就夜晚在您出入的交通要道下"夹子"，一旦出现意外，后果不堪设想，实在是太危险了！

我们觉得您下来一趟也不容易，至少不能让您饿着肚子回去。我们鸡家母鸡下的蛋大多数都被人占有了，因为他们给了我们粮食和饲料，我们当以血肉之躯回报。您虽然没给我们什么物质支持，但您的行为是我们生命的支撑和精神的支柱，完全可以让我们保持老实的本质、服从的奴性和踏实的作风，完全可以让我们体味知足常乐的滋味。您只想饱食一餐，并不想过多地占有，因此，我们商定举行一次选美大赛，把我们鸡家最年轻、最漂亮、最有味道的雏鸡作为礼物送给您，请您务必收下，因为我们实在没有其他的什么了。

顺告，鸡笼宾馆改造工程一事已定。按您的意见预算已追加到位，施工项目经理是上次和您推杯换盏的老板，请您放心。

最后，希望您今后不管是白天还是黑夜，给我们鸡家多多关照，不然，鸡飞蛋打，鸡犬不宁，于事无益，恳请您考虑。

拜安！

鸡家敬上

鸡年鸡月鸡日

嘴与胃的对话

某君，20 岁，体重 50 公斤。离开学校踏入社会走进机关。常饥一顿，饱一餐。有时数月无荤……

嘴：真贱，咕咚咕咚叫个球，你知道我的难处吗？

胃：你一连几周都是粗食粮，平时还不定时定量供应，我能不提醒你吗？

嘴：那是我的错？每月就那点呆钱，买肉买鱼买海味，几天就给整完了，还拿什么喂你？就算给你半个月富营养，那下半月，就连水都没得喝，你等死吧！再说天天如此者，有几个是自掏腰包？

胃：我已经够体谅你了，你不是常当着别人吹嘘说，每月的钱怎么怎么多，生活又怎么怎么好，餐餐"满口香"，天下美味尽品尝。还品尝呢？连腥儿都没闻到。

嘴：不这样说，咋说？看到别人大口大口吃肉，我直掉涎水，但我觉得吞下去的就是一头一头的活猪；看到别人大口大口吃鱼，我直咽唾液，但我觉得咽下去的就是一条一条的鲜鱼；看到别人山珍海味往嘴里送，我就觉得吃下去的就是螃蟹、对虾……还有乌龟、王八……

胃：你就别望梅止渴、画饼充饥了，你那唾液、涎水一口赶一口地往我胃里咽，都呛得想吐。你这该死的嘴，没口福还倒人胃口！

嘴：好了，别说了，反正一荣俱荣，一损俱损，我有好的咀嚼品尝，你就有好的消化吸收，咱们只有团结起来，我吹捧点，你忍耐点，都克服克服，日子慢慢就会好起来，你说呢？

胃：你这乖巧的嘴！但你得快吹哟，我也可以给你鼓鼓气，就算共同努力吧！

某君，30 岁，体重 65 公斤。升任科长后，常到下级单位或有关部门吃吃喝喝，每次都是狼吞虎咽，酩酊大醉……

嘴：真浑，咕咚咕咚叫个啥，你知道我的难处吗？

胃：你总在办公室待着，我都好几天没油荤供应了，我能不提醒你吗？

嘴：那也是我的错？人家没事找你、求你，谁会请你去瞎吃乱喝。你知道，我的权力是有限的，不该我管的事，谁来请？就是请，也顶多是搭搭"香边"。就是这样，我哪回不是大口大口地往你那儿送，大杯大杯地往你那儿倒，有时囫囵就吞了，还不是想让你尝尝鲜，又有哪回不是把你撑得圆圆的。有时连我这嘴都吃得不自在，不好意思，你这胃咋就恁馋？

胃：我已经够体谅你了，你不是常当着别人说，嘴里没得味，召集开个会，肚里没有油，下去走一走吗？还科长呢，这点权都用不好。

嘴：不这样说，咋说？别人开会都有个主题，别人下乡都有个课题，我就是下去，还不是为了满足你这馋劲。你看看，现在都有人给我编顺口溜了，什么"生猛海鲜，政策放宽""吃饱喝好，一切办好"，更可气的是有的领导说我"口无遮拦""把原则给吃了，把政策给喝了"。当然，还是有个别领导对我和你的功劳给予了肯定的。

胃：这就好办了嘛，你就要在这样的领导面前多表现表现。上次你不是说了几句很到位的话，是什么"感情深，一口吞，感情铁，喝吐血""能喝半斤喝一斤，这样的干部要提升，能喝啤酒喝饮料，这样的干部不能要"，就冲你的表现，我就是翻江倒海也没让你当面出丑，你说对吧？

嘴：好了，别说了，反正一荣俱荣，一损俱损，等会我再挂个电话，咱们去改善改善。

胃：瞧你这乖巧的嘴！其实，这权哪，只要你翕动翕动就行了，该用时还得用，我支持你！

某君，40岁，体重90公斤。在局长的位置上好几年了，餐餐美酒，顿顿美食，天天过年。电话铃声又响起……

嘴：喂，噢……你好你好。那可不行啊，今天中午已经安排了，也在帝皇宾馆，明天哪，明天也有了，后天……后天，后天有客人来……再说，再说。

胃：你就别再说再说了，我都快给你闹出毛病来了。我现在郑重地提醒你，请你节制，节制，再节制。

嘴：你这该死的胃，你难道就不会忆苦思甜吗？饱汉不知饿汉饥，醉酒不知想酒的累。谁让你味口那么好，容量那么大，我不是尽最大努力满足你的要求了吗？

胃：我不过是让你节制，节制，你懂吗？一天能只应酬一餐的就不去答应两餐，一餐只能吃个八分的就不去吃十分，一顿只能喝个半斤的就决不硬喝一斤，我每天的负荷太重，都快让你压得呼吸困难了。其实，我也上瘾了，一天没点荤就觉发晕，一餐没点酒就没口味，该推的是可以推些，但也不能全推掉哟。

嘴：我现在是身不由己了。你看上次下去检查，在那个"山妹子酒庄"，全是野猪、野兔、野羊、野鸽，还有在市场买不到的白天鹅、丹顶鹤、鹰隼，还上了条盘着的眼镜蛇，游着的娃娃鱼，我撑得直打饱嗝，真没法再吞下去了。

胃：你这臭嘴，还真能编故事、讲实话，可我得到了什么？你还不是怕我在你最兴奋的时候造反，才把我死死按住了再笑，再快乐，这根本不是捧着我，而是典型的把快乐建立在别人的痛苦之上。

嘴：你就别自个揭老底了。那次不知谁讲了个笑话，说有位乡长在当地被称为"万里长城永不倒"，在宴席上喝了白酒喝啤酒，喝了啤酒喝白酒，终于喝得歪歪倒倒，踉踉跄跄地出了门，结果一出门就跌倒了，当别人去扶他的时候，他说，哪里跌倒，就从哪里爬起来。（笑……）乡长没能爬起来，还是秘书把他扶上了车。半路，睡得像死猪似的乡长突然就睁开了眼，说是要"减轻农民负担"，秘书把他扶下车，他就在路边对着庄稼撒起了尿，还说，这叫现场施肥，抗旱保收，肥水不流外人田，时刻不忘老百姓（呵呵大笑……）。刚进门，乡长就对他女人说，今天要好好种种"责任田"。他女人说，我哪里是你的责任田，不是早抛荒了？乡长抱着女人狂吻乱摸，说，我这不就来耕田打耖、翻耕播种了吗？（前仰后合……）笑话一讲完，我刚一开怀大笑，你这胃就激动起来，直把那些吞下的好东西吐了一地，惹得众人都掩鼻捂嘴，好像从我嘴里吐出来的是狗屎，是猪水！

胃：既然你这么说，那咱们就今朝有酒今朝醉，明日有酒也喝醉，天天有酒天天醉，让我一次吃个够，让我天天喝个够吧！

嘴：这就对了嘛，不吃白不吃，吃了也白吃，白吃谁不吃，这道理和你讲的差不多。人生苦短何必计较太多，有吃有喝才能幸福快乐，即使痛苦难过，也要尽力忍着，真心真意过一生！

某君，50岁，体重50公斤。病退在家休养。因消化系统功能障碍，整天菜饭不思……

嘴：就是你这该死的胃，经不住折腾反倒害得我什么胃口也没有！

胃：就是你这馋猫样的嘴，经不住诱惑反倒弄得我成了药罐子一只！

嘴：你怪我?!

胃：你怪我?!

突然间胃一阵一阵剧痛，嘴张开发出了"啊哟啊哟"的叫声。

我就出了趟公差

老同学给我打来电话，问我一位朋友的手机号码。我因换手机把朋友的手机号码弄丢了，但老同学难得找我，于是我说你急不急，老同学说有点事要办，急倒不是很急，就是不知咋办好。我一口应承说，好，那我帮你再问一下我和朋友的熟人。

我这人从来都是个急性子，立刻找出电话号码簿，找到了原来跟我和朋友都玩得很好的熟人，熟人真是好啊，听我说要朋友的号码，当时就在手机上查了老半天，可熟人却说，哎，真是对不起，我不知怎么没朋友的号码了。

于是，我给老同学回话，我一时还找不到朋友的号码，你不用急，我会尽快帮你找到的。

还没等我帮老同学找到号码，单位就派我出差了。

出差一个星期后，我一回来就给老同学打电话，解释这几天没给他找朋友号码的原因。哪知老同学支支吾吾的，似有话要说又不愿说的态度。我从电话里明显感觉到了老同学的异样。我也感觉心里有点愧疚，就说，对不起，老同学，我……

别说了，不就是问你个手机号码吗，也不至于那样吧！

我说，我这几天公差，出啥事了？

别说了，别说了，看在咱同学一场，什么也别说了。说完，老同学就把电话挂了。

我蒙了好半天，真不知出啥事了。于是，赖着脸再给老同学打电话，可老同学一直不接，我还真不知咋整了。

但我想我还是让熟人把朋友的电话号码找到再用行动告诉老同学，我并不是一个不守信用的人。

于是，我拨通了熟人的号码。熟人很快就接了电话。我急着问，我这几天出公差去了，上次让你帮忙找的朋友的手机号码找着了吗？

别说了，别说了，好兄弟，你这几天干啥去了？告诉你也没用了。熟人倒还是爽快。

为啥？

再说，再说。

你最好现在就说——

这——熟人犹豫了一会儿，挂了电话。

我真的是一头雾水，出了一个星期的公差，是我犯啥事了，还是朋友出啥大事了？大伙儿怎么都神神秘秘的呢？

但找不到朋友的电话，我真是不好交代，特别是老同学那儿。

我想我只有亲自上门去找到朋友，问到电话号码后，才能再去找老同学把事情说清楚。

我和朋友只是普通的朋友而已，并无深交，前几年朋友在企业工作，后来企业改制，朋友就下岗了，也不知道朋友现在在干啥，更不知道朋友的住所。我费了好大的周折才把朋友的住所找到了，尽管天下着大雨，我还是打了辆的士，心急火燎地往朋友住所赶去。

朋友的住所是一个简陋的棚屋，一到屋门前，我正准备敲门，就听见里面有闹哄哄的声音。我稍微停了一下脚步，里面的声音让我大吃一惊。

"什么熟人，上次找他办那么点事都得公事公办，熟人不熟人有意义吗？我还真没见过这样一根筋的熟人，再说了，再讲原则还不是个小干部！"

"我不骗你们，自从上次找了他一次，他支支吾吾、很为难的样子，我就很快在手机上把他列为黑名单了！"

"还老同学呢，出公差，骗人的吧！你们看，我出这招一试就知真假美猴王了吧！"

听得出来，熟人、朋友和老同学的酒已经有点过了。

我立刻转身离开朋友的棚屋，任大雨从头上浇到心里——

感觉是怎样被唤醒的

　　同学之情通常被看作最真挚的感情。仅高中加大学，同学上百，我可以用良知发誓，我没懈怠过同学之情，但我可以毫不留情地说，我已对同学之情没有感觉，甚至有点紧张了。

　　三十年前，家里有部电话就是一种荣耀和待遇，更不用说手机这种稀罕之物了。我当然什么都没有，可高中同学硬是凭着他坚韧的毅力找到了我家里。我问同学有啥大事儿，同学说，他在外地一家企业工作，到这里来主要是为了收一笔货款。说真的，自从大学毕业被分配到山区工作后，我还从未与高中同学见过面，只是与当时要好的同学通过几封信。很长时间没见面了，同学的到来让我既惊讶，又兴奋。我安顿同学在我家里住下，又在工作之余抽出大量的时间来陪同学吃饭喝酒、逛街逛公园，还搭公共汽车到小城附近的景点去玩了一圈。过了好几天，我感觉该叙的旧已经叙够了，该玩的地方已经玩完了，该尽的地主之谊都已经尽了，可同学丝毫没有离开的意思。正好单位安排我外出学习三天，我就把学习通知给同学看了，同学说，你尽管外出好了，刚好趁你外出的这几天我到那个乡镇企业去催催看，看他们什么时候能够把货款给了。三天后，也就是我回来的第二天一早，同学又上门来了，直接对我说，不好意思，货款没收到，路费也用光了，你看能不能支持点路费，我回去后就给你寄过来。同学有困难，我理当尽全力帮助，我咬着牙，按同学的要求把路费给了他，他揣着路费走了，而且一走就杳无音信。

后来，我到同学说的那个镇去搞调研，顺便问了一下那个镇的镇办企业，根本没有同学说的那回事儿。这件事让我感觉很困惑。

随着时间的过去，这件事在我的记忆中慢慢褪去。过了大约十年时间，历史进入了新的世纪。一次偶然的机会，我随单位的招商团到外地去招商，在酒店进餐的时候，接待我们的老板居然是十多年前杳无音讯的同学。

看到同学，我又惊讶，又兴奋，同学终于有所成就了。当同学走进来的一刹那，我立即起身，问："你是？"

"你好，你好，各位好，让各位久等了，请入席吧！"同学做了一个让大家别惊讶的手势，然后掏出了名片。

在觥筹交错间，同学一副大老板的气派。我多次想举杯和同学交流一下，可看到同学的神情，我欲言又止。在酒宴将散的时候，我终于忍耐不住，说："老板，你真像我高中时的一位同学！"

哪知同学却说："噢呵，你那同学可真不错啊——"同学话还没说完就伸出手，和我象征性地握了一下。

我真的感觉到，眼前的同学有点儿似是而非了。

回到单位后，负责招商的领导安排我和这位老板联系，我按照名片上的手机号码打过去，竟然始终没有人接听。我跟领导说："这个老板，让人有点异样的感觉。"

如今通讯发达了，我早已用上了手机。上个月，我接到了另一位高中同学打来的电话，他让我到酒店去，说有点事要找我。我说，有事你就直说吧。他说，见面再说。

我很犹豫，挂了电话，在家里踱来踱去，楼上楼下的绕了好几圈。这时，我又接到了这位同学的短信。短信最后附加的一句话"授人玫瑰，手有余香"

让我到了酒店。

我们见面没有热情的寒暄，只是轻轻地握了下手，便开始有一搭没一搭地说着不着边际的话。那种感觉真的很尴尬。

末了，这位同学拿出一个旧信封，放在了我面前，说："他已经和我谈了很多，这是他让我转交给你的。"

我说："谁？"

这位同学说："二十多前，他在你家里待了一周，骗了你路费——"

"你是怎么和他联系上的？"我有点手足无措，但还是拿起了信封。

"噢，对了，我忘记告诉你了，我在监狱局工作。"同学的回答很淡，但很诚恳。

我沉默了许久，好像有一种力量唤醒了我的感觉。我将信封放到这位同学面前，默默地离开了。

不约之约

　　唐九刚坐在公司副总的位置上几天，就感到有点儿心烦意乱。而唐九的性格又是那种不愿表露出来的挺深沉的一类，实在憋不住了，他就自言自语地把嘴皮翕动几下。

　　于是，唐九就对昨天发生的事耿耿于怀。

　　昨天，唐九刚上班，就有一个人造访。造访人五大三粗，一进来就坐在唐九对面的凳子上，跷上二郎腿，手支着下巴，直瞪着唐九看，并不言语。唐九问，您有啥事儿？那人就将手从下巴处移开，放下二郎腿，眨了眨眼，又瞪眼看唐九，还是不言语。唐九又问，您有啥事儿？说吧。可那人一点儿表情也没有，只是将瞪着的眼睛眨了眨，然后悄悄地走了。

　　唐九常想起这个人。

　　作为公司副总，唐九的应酬可想而知。那天，一个下属单位邀请唐九他们一行几人到乡下去钓鱼，一早，当唐九换上一身休闲装出门的时候，就看到造访人蹲在自己家门口不远的地方，一直看着自己。唐九的心情又乱了，但唐九怕扫大伙儿的兴致，就假装进屋，想观察一下造访人想干什么。等了好一会儿，唐九看见造访人依然蹲在那儿看着自己。唐九想，管他呢，我去玩，关他什么事？于是就径直走了出来，可唐九走几步，造访人就朝他走几步。唐九犹豫了，他不想看到造访人的面孔，于是就掏出手机打了个电话，把邀请推了。

当天晚上，唐九接到了朋友打来的电话，说他们钓鱼的事被新闻媒体摄下，还要曝光。

唐九觉得这事儿很蹊跷，也感到自己很幸运，于是就冲了个澡，很舒坦地在家里看电视。这时响起了敲门声，唐九开了门，来人就到了他家里。一会儿后，来人匆匆地从他家里出来，而唐九跟在后面喊，你给我回来……可来人还是匆匆地走了，唐九只好站在门外看来人匆匆离开。这时，唐九又不经意看到了站在楼下的造访人。唐九狠狠地朝地上跺了一脚，转身回屋去了。

第二天，唐九将来人给扔下的一个红包交到了公司财务室。从财务室出来的时候，唐九又看到了在单位楼下张望的造访人。

从此以后，唐九感觉造访人像个影子，经常跟着自己。好的是，造访人再也没有到自己办公室里来，也从来没有到自己家里去，而是有几次唐九在准备进娱乐场所的时候感觉自己眼前一直有造访人的身影，最终借故推脱。

以后几年，唐九除了工作，就待在家里，不久前被提拔到了总经理的位置。上任的当天，唐九在公司办公楼前看见了造访人。

唐九站在楼下，等待造访人走近。

造访人一步一步地向他走来，近了，唐九就向造访人苦笑，嘴皮翕动了几下，什么也说不出来。还是造访人朝唐九诡谲地笑了笑，说，我盯了好多好多公司负责人，你是第一个过关的人。说完，造访人微笑着伸出手。唐九愣了有好一会儿，才伸出自己的手，和造访人的手紧紧地握在了一起。

造访人松开手走的时候，唐九依然感到有点儿愣，但他看见造访人的步子很坚定，很有力……

河边那人

黄昏，夜民和妻子来到河边的时候，看见河边坐着一个人。这人带着草帽，面朝河水，跷着二郎腿，一副悠然自得的样子。

河穿城而过。尽管夜民的家就住在河附近，但他平时很少有时间陪妻子到河边悠闲地逛一逛。

夜民指了指河边那个人，说，你看，这个人可真自在啊。

这个人都在这儿坐几年了，我每天到河边来，都看到这个人。妻子说。

是吗？都坐几年了？

和你差不多。

夜民沉默着低下了头。

夜民和妻子平日里就没多少话，他觉得妻子没文化，没水平，和自己往台上一坐就能够高谈阔论几个小时简直没法比。毕竟没有伶俐的口齿，又怎么能够当那么多年的领导呢。

可此时，夜民没法回答妻子，他只有沉默。

河边有了微微的风。夜民想和妻子再聊几句，可又不知有什么词儿。倒是妻子先开了口，想起这河的故事了吗？

我知道这河与我有缘分，想想二十多年前，我大学毕业被分配到这座小城的时候，一个人没事就常来这河边走走，那时，看到这河，这人啦，就有一种诗一般的冲动，冲动过后却是无限的孤独与凄凉。于是，我开始写诗，常言说，水言情，诗言志，那时候啊，真是天真，诗写完了，满意时就像孩子似的，激动得乱蹦乱跳，朝这河水大喊大叫，不满意时就扯个稀巴烂，看纸片儿随河水慢慢漂逝。唉，要是没有这段经历啊，人家还真是不会把我当个才子，调到市政府去。

夜民回忆着自己的过去，看了看妻子。

妻子说，要不是你在市政府工作，我才不会嫁给你。

是啊，我夜民能和你结合，也与这河有缘分啊。在市政府，苦了累了，就到这河边走一走，倦了烦了，就到这河边散散心，委屈了怄气了，就到这河边撒撒气，唉——也就是在这河边，咱们相识，相恋，相爱，相拥，这苍翠的垂柳可以为证，这流淌的河水可以为证，就连这河两岸的马路都可以做证……夜民就好像又回到了二十多年前。

那时候哪有这些东西！这些不都是你的政绩吗？这你也能忘了？妻子用手扯了一下身边的垂柳，示意夜民往回走。

夜民就转过身，继续说，噢，对了，那时候啊，是没有这些东西。自从我调到市政府，就没怎么到河边来了，当了市领导，就更没怎么来了，要说这时间哪，这时间真是太少了，也就是当上了市领导，我就下决心要让这河成为一道风景，成为市民休闲的地方。于是河的改造开始了，这项得到全市人民拥护的德政工程进展非常顺利。河修完了，我真的是感到十分的高兴。

高兴得起来吗？妻子在一旁一脸的疑问。

那阵子确实是高兴，不光我高兴，市民们不是也很高兴吗？可我真没想透在工程款的问题上做得天衣无缝的事儿是怎么被抖出来的。没办法，人家纪委的同志说得清清楚楚，确确凿凿，而且连数额都是毫厘不差，我哪能赖得过去啊。唉，一时糊涂，一时糊涂啊。

妻子说，幸亏你一分都未花，要不然，你的脑袋早搬家了。

真的，当时我就怕，我这人，你是知道的，一在外面没相好，二对官位没野心，三把名节看得重，四待同志自家亲，五做工作求实在，我真的是什么也没图啊。可那个工程经理的一张甜嘴，真是把我搞晕了，一下子就给了我一个重磅炸弹，我就倒在了这颗炸弹之下。唉，一念差，终身错，一失足，终身悔，我夜某就在这河边湿了鞋，污了泥啊！

一阵凉风吹来。夜民和妻子看到那个戴草帽的人仍坐在河边。夜民就朝那人喊，你是谁，回去吧，小心着凉，啊——

夜市长，您——那人猛地双手掩面，跪在了河边。

一个熟悉的声音传来。夜民望望妻子，妻子望望夜民，好久的沉默。

妻之"俗"语

调　动

几年前，我参加了县委组织的副局级领导干部公开招考，由于我平时有勤奋好学的良好习惯，妻鼓励我积极报名参考，还说："'树挪死，人挪活'，你也不能'瞎驴死走一条路'啊，换个岗位也许更能发挥你的长处，何况这是一次检验你的好机会，你就试试吧。"参考后，我不仅笔试取得了优异成绩，而且面试、考核也十分优秀，可谓一路顺风。正要走马上任时，我很得意地说："终于如愿以偿了。"可妻却带着几分调侃的语气说："'人盘穷，火盘熄'，别高兴得太早了。"后来单位效益不佳，待遇又不好，我异常懊悔，妻又安慰我说："看你'把肠子都悔青了'，人又没有长后眼睛！"

待　客

自当上了副局长，便隔三岔五地有人上门找我办事，来人有的大包小包的拎些礼物来，我和妻一律茶水侍候，热情接待，但礼物一概不收。有时我和客人推推搡搡，妻就在旁边一个劲地打边鼓："瞧您这是干什么？'拜菩萨拜错庙门了'吧，我家那口子只怕是'比死人多出口气'（形容无能），能办成事？"客人听妻一说，自然很知趣地拎着东西走了。事后，我说："都是老朋友，太绝情了吧。"妻不愠不火地说："'吃别人的嘴软，拿别人的手软'，是'提着头过日子'好，还是轻轻松松过日子好呢？"我连忙说你说得对，做得对。

醉　酒

一日，和朋友聚餐闹酒后，踏着醉步回家。妻问我何故喝成这样？我一股脑儿说出了好几个单位的头头脑脑，非常得意地炫耀自己能与他们为伍。哪知妻冷冰着脸，不紧不慢地说："'做了大官换朋友，发了大财换妻子'，有你的啊？"我根本就没听清妻的话，也没在意妻的表情，仍旧带着几分醉意，说："那当——然，那——当然——"妻怒道："你给我把舌头伸直了说话，像你这样也能把位置坐稳当，我把眼珠子挖出来当泡踩。"我顿时酒醒。

家　务

自古以来，男主外，女主内。在家里，洗衣烧饭、扫屋拖地等家务活均由妻来担当。星期天，妻硬要我做些家务事，我说："好男儿志在四方。"妻就说："啧、啧、啧，志存高远了不是？"我说："那当然。"妻说："俗话说'一屋不扫何以扫天下'，我看你是'肩担无钩两头滑'，啥事也做不成。"于是，我佯装生气辩解道："我不会呀？不是也有句俗话说'妻好半边福'吗？""你个大活人，'没吃过猪肉也见过猪哼哼'，我看你是懒惰成性。"我大笑着说："哎，真没想到我们家还有一头喜欢哼哼的猪呀。"妻瞪了半晌眼睛，举起扫帚做欲打状。

闲　事

有天上街，两个贼居然将一女士的坤包抢了，骑上摩托车就跑。女士在后面大喊："抓贼呀！抓贼呀！"我和妻正好从街上买了些东西准备回家，看到贼正在逃跑，尽管有些人跃跃欲试，但多数人只是目送窃贼逃窜。当我大喊一声，正准备去拦车时，哪知贼的摩托车太快，一呼啦就从我身边跑过去了。妻怕我出事，一把抓住我说："恁多人都不管，你这不是狗拿耗子——多管闲事？"我说："你这人怎么这样？"妻又说："听我的，'吃饭两碗，闲事少管'，人家都是'抱鸡婆只管自家的蛋，不管黄鼠狼吃别个的鸡娃'，你比别人能耐？"但说归说，做归做，妻马上叫我掏出手机拨打"110"。

当　家

有句顺口溜是这样说的：没本事的男人打老婆，没出息的男人怕老婆，有涵养的男人敬老婆。我这人大概属于没出息的男人一类，每月工资如实交到妻手中。妻把家打理得有滋有味，而我却是牢骚满腹："哪个男人像我这样，口袋里总只有几张毛票？"妻叹了口气，说："唉，'当家人，泔水缸'，这柴米油盐、一末十杂的事情都得办，难怪人说'当家三年狗也嫌'，有话你就'巷子里赶猪'，直说好了。""你看我喜欢抽点屁烟，喝点小酒，总得有个开销吧。"其实妻对我抽烟喝酒一直是非常反感的，但为了不致"断炊"，我还是说了出来。哪知妻显得格外平心静气，说："烟伤肺，酒伤胃，再说'杯杯酒吃垮家当，毛毛雨打湿衣裳'，如果一位当家人不'常将有日思无日'，等到火烧眉毛了，你'搬着石头砸天'去？"妻的话语重心长让我折服。

难　堪

　　文章还只写到这里，就被妻发现了。键盘刚响，妻就急忙跑过来说："看你写的什么文章，'狗脑袋摆不到桌面上'，人家也会给你发？"我带气儿说："我又没写你，你不过是大学历史系毕业的，又不是俗语系的，自作多情！"其实，这其中大部分是我从妻平常的口语中得到并查找有关资料后记录下来的。妻见我动了气，沉默了一会儿，自言自语地说："我只不过是觉得你写这些东西就像'疤拉眼照镜子，自找难看'，就是寄给编辑部，恐怕也不过是'做梦捡元宝'，空喜一场。"我又来了点犟气，说："我非要寄去不可！"妻见我态度坚决，无可奈何地说："那你得声明。"遵妻旨意，最后，让我郑重声明：文中所写，并非吾妻。

谁家的女孩等爸爸

在朋友家吃过晚饭，天已擦黑，下着细雨，步行回家路过学校旁的一家书店，想起每月要买的书可能到了，便走了进去。

付钱的时候，我发现一位小孩站着伏在书店门口搁电话机的玻璃柜上埋头写作业。小女孩大概六七岁，身上的校服有些旧，有些皱。

就在店主找钱的当儿，我看了看小女孩，夸她："小姑娘好听话，写作业真专心！"

店主边数钱边接上话茬儿："也不知是哪家的小孩，给她爸爸打了好几个传呼，她爸爸就是不回机，打传呼的钱还等着他爸爸来给呢。"

当我把眼睛转向小女孩的时候，她抬头看我。她的眼睛大大的，目光柔弱，却有神。

我连忙把店主给我的钱递回去，说："把小女孩的传呼钱付上，另外再给她爸爸打个传呼，加密 119。"

店主帮忙打了。小女孩仍埋头写作业。

我把刚买的杂志放进口袋里，又漫不经心地翻着旧杂志。约莫过了十多分钟，小女孩的爸爸还是没回机。

雨下大了。

我抬头望着小女孩，自言自语："怎么还不回机呢？号码没错吧？"

小女孩像没听见似的，但我分明看见眼泪已顺着她脸颊流了下来，滴到了书本上。

店主有些愤愤不平。

小女孩却马上用衣袖擦去了泪水。

天已经黑下来了，一个饱嗝猛然提醒我，小女孩一定饿了。我匆忙跑到附近的小卖部买了两块蛋糕，一瓶钙奶，放在她的作业本面前，说："小姑娘，饿了吧，快吃！"

不知怎的，对我的关心，她并不太在意。又过了一会儿，可能是作业写完了，小女孩收拾好书本，又把书包背在背上，眼睛愣盯着玻璃柜上的电话机，一眨也不眨。

我有些急了，冒雨到路边拦了一辆出租车。

大概觉得我不像是人贩子，当出租车开到书店门口的时候，小女孩还是勉强地上了车。

一路上，我很诚恳地探问着小女孩她们家里的情况，小女孩起初是沉默，慢慢地偶尔搭腔，但从她不多的话语中我已经知道她爸妈最近都下岗了。她妈到南方打工去了，她爸在一家快餐店专门给人送盒饭。

将小女孩送到家门口，我重重地敲门，没人应。我想把小女孩交给她的邻居，邻居家也没人。于是，我对她说，"小姑娘，别着急，干脆跟我回去，等到爸爸回来了，我再送你回来。这儿冷！"

小女孩偏着不干。还索性放下书包，坐到了地上，手臂交叉放在了膝盖上，又将额头放在了手臂上，像要睡了。

任凭我怎样说好话，她都说："我要等爸爸！"

我无奈，只好匆匆下楼再去给她爸爸打传呼。

刚出楼梯口，借着楼道的灯光，我看见一个湿漉漉的身影急匆匆往楼上跑，随即，听见小女孩大哭的声音："爸，呜……"

这声音声嘶力竭。

我长长地嘘了口气，一阵凉风吹来，心里感到一丝丝、一丝丝的疼。

死　棋

　　"尹大，水平差""尹大，水平差"在众人的起哄声中，尹大蒙了，眼睛直盯着棋盘上马上就要被吃掉的老帅，不肯推子认输。

　　苏吉赢了。二郎腿跷得老高。

　　尹大和苏吉是一对老年棋友。尹大年近花甲，来自农村，年后一开春便在亲友的帮助下在城关租门面开了间小店。尹大是位棋迷，专门备了象棋和桌椅，打点生意之余，不时和别人切磋几盘棋艺。苏吉是退休干部，住在尹大所租门店的附近，也是一位棋迷，最初时常路过棋摊，偶尔一试身手。很快，两人便成了铁杆棋友。

　　两人捉对厮杀，没有城市农村之分，没有干部农民之别，没有心绪烦乱之忧，只知出车跳马拱卒用炮，哪怕是杀得天昏地暗、损兵折将抑或优势占尽，都觉痛快无比。

　　慢慢地，他们俩的对弈引来了不少棋迷，尹大的小店竟然热闹得像小街市。

　　尹大和苏吉都是倔性子，下棋水平相近，难分胜负，两人一旦较上劲，棋子擂得天响，众多观众分边献计，吆喝助阵，比三国中的诸葛军师还称职。若想分个胜负非得不吃不喝一整天。尹大的老伴上街买菜，让他看着点水壶，水壶的水沸了，蒸气冒得快亮底，尹大竟然给忘了。老伴说，你做啥生意，开棋摊呢，人家苏吉一个月几千块钱的退休工资，你呀，光蚀老本。尹大瘾大，仍然下棋。苏吉添外孙了，老伴让他照看照看，可他不睬。老伴说，苏吉这老东西简直是棋迷心窍了，吃"车马"，喝"兵卒"呀。苏吉听则听，可下棋从不间断。

转眼快一年了。收费的同志来了，说你这里人进人出的生意火，管理费一分不能少；收税的同志来了，说你这里热热闹闹买卖多，这税一个子儿也不能缺；房东说，你这里天天客人爆满，房租也得加点价……该交的全交了，一算账，竟然倒贴了几千块。尹大觉得甚是窝囊，心里像十五只吊桶打水——七上八下不安宁。尽管尹大依依不舍，但又不能眼看血本无归，连自己种田苦挣的几个养老钱也贴进去。于是，他咬咬牙说，关门吧。

当天，尹大在店门外望着，等着苏吉，可他迟迟没来，不觉好一阵凄凉，直到尹大要打烊关门，苏吉才来，说要等老伴外孙都入眠了才能出门。摆开棋局，尹大说，明儿个关店回乡下了，咱今儿就下个够吧。

时钟指向凌晨六点，两人仍在苦苦鏖杀，直下得两人眼皮发颤。苏吉状态甚佳，大获全胜，尹大则不在状态，一盘未赢。

两人一合计，最后下一盘吧。尹大占先走中炮，苏吉也走中炮，尹大跳马他跳马，尹大进卒他进卒，棋势均衡。转眼已过中盘，忽然风云骤变，苏吉的车冷不防给尹大吃了。苏吉认输，尹大死活不肯，非要把苏吉吃个精光。苏吉只好硬陪。

尹大觉得已稳操胜券，吹起进攻号角，猛冲硬攻，然而苏吉则冷静应付，凭着残兵败将居然让尹大的老帅陷入困境，而且最后成了大师无解的死棋，铸就了哀兵必胜的绝招儿。

尹大愣住了，竟然没听见苏吉打招呼，也没起身送行。

第二天一早，店门开着，尹大却走了。家人说他走时眼睛瞪得像棋子，手里仍攥着那个已被吃掉的老帅。

同　学

　　整个上午，阿进两手托着下巴，思绪跌宕，办公桌上静静躺着的报纸，他并没有看。大学毕业十几年了，微薄的工资养活一家三口，既没个一官半职，也没个满意的职称，仍待在毕业时就来到的学校，只是办公桌从教员室挪到了办公室。

　　"我找一下阿进。"电话铃响了好一阵，阿进才拿起听筒。

　　"您，哪位？"

　　"我是他同学。"

　　"您是——"阿进疾速地检索着每一个同学。

　　"瞧瞧，十年不见，忘了不是，我知道你就是阿进。我出公差办事，住在县宾馆，快过来，咱们见见面。"同学语气坚定，丝毫不容回避。

　　有朋自远方来，不亦乐乎！阿进骑上伴随自己多年的单车直奔宾馆房间。

　　或许是听到脚步声，一个熟悉的身影已站立门前，伸出了双手："啊哈，你真是没变，还是那副诚实的老样子，让人信任。"同学依然是白净略长的脸，高挑略瘦的身材，鼻梁上架着金丝眼镜，举止时髦潇洒，说话时有点儿居高临下。

　　"唉，怎么也没你快活，你的精神样，让我自卑。"阿进的回答不紧不慢。

寒暄了一会儿，午饭理所当然由阿进请客，几个地方特色菜刚刚点下，同学便情不自禁地把自己参加工作后的十年辉煌，如美味山珍和盘捧上。

同学毕业分配到某市一所大学后，如鱼得水，一路春风，现在已是大学教务处副处长，学校最年轻的副教授，是市科技拔尖人才之一，曾挂职下派到所辖一县任科技副县长，还到某国有大型企业任过一年的副总经理，有多项成果获奖。

阿进品着同学的名片，色彩斑斓不失雅，精美亮堂不落俗套，好生令人羡慕。

同学眉飞色舞，慷慨陈词一番自我介绍之后，开始痛骂小偷，痛斥那些贪人钱财的窃贼。原来，同学在乘车时因劳顿入眠，手提包被偷，连同手机、工作证和所有现金。同学还挺幽默地说："那贼，不知咋来的眼光，好像知道我提包内一定有丰富的内容。"

"可恨的小偷，可恶的窃贼！"阿进跟着一阵痛骂之后，再向同学半开玩笑，"看你教书是教授，级别是处级，走路也像个大款，不偷你才怪！"

同学遇难，一切当由阿进包办。吃罢晚饭，回到房间，同学说明天就要离开，不好意思地向阿进开了口，"阿进，我这次出公差不想走冤枉路了，顺便把邻近几个县实习生情况了解一下，办完事再回去，请帮忙借点钱，把你的详细地址给我，我打电话让家里马上直接往你这儿寄，这样也快些。"末了，同学还十分恳切地问，"没问题的吧？"

"这——，没问题，你放心好了，你的事就是我的事，这忙不帮，这算哪帮子人呢！"阿进稍作犹豫，随即很慷慨地表态。

回到家里，阿进好话歹话一箩筐才从妻子手中抠出了积攒着为儿子交学费的积蓄，又连夜找两位挚友拍胸担保，才凑够了同学要借的钱。

第二天一早，阿进匆匆来到宾馆，同学已在服务台前等候。

"实在不好意思，电话我已经打回去了，他们马上汇款。"同学接过钱，非常感激的样子。

"没事没事，工作为重，前程为重，你的事业就是我们大家的骄傲。"

同学在千恩万谢中离去，阿进心中幸福又苦涩。

一个月过去了，汇款迟迟未到。妻子唠叨着小孩要上学，朋友几次见面的几分尴尬，又想想同学的惬意，自己的窘况，阿进不好意思地拿起电话，想向同学问个安，也算是顺便提个醒，刚拨完同学名片上的号码，电话里礼貌客气的回答却是："对不起，你拨的电话号码是空号，请查证号码后再拨。"怎么可能？阿进对着名片一个键一个键地按下去，同样的回答，再一次，一样。

阿进颤抖着放下电话，又本能地迅速拿起，拨通了查号台，最终得到了学校教务处和同学家人的一致回答，同学已于三年前离开了学校，离开了家，出走了，同学所说的一切都不存在。

"小偷，可恶的窃贼！"阿进喃喃自语，泪已满眶——

奖　金

　　刚一上班，正坐在靠椅上整理今天要做的工作，我的一位同学便大步跨了进来，手里拿着张报纸，脸上笑嘻嘻的，嘴里不停地唠叨着："大作家，可算找着你了。"同学脸色焦虑。

　　我忙起身相迎："什么大作家，别长子拿矮子宽心，啥事能急着你这位大老板了，现在的事不为钱急为啥急？有事慢慢说。"

　　"你看，你看——"同学递过紧握在手中的报纸，指着早已折成方块的地方。

　　"你想参加文学作品大赛？"我拿起报纸瞟了一眼。内容大致是：一文学社举办"东风"杯文学作品大赛，小说、散文、言论、诗歌均可，大赛对一、二、三等奖分别奖1000元、500元、200元，并颁发获奖证书。

　　我扫视完征文内容，笑笑，调侃同学："你真有雅兴啊，赚饱了发腻了，还想搞几篇文章耍耍？"

　　同学被我说得更急了，结结巴巴地，很不自在，但还是一五一十地把事情说了。同学说他读小学的儿子回家告诉他，老师让每位家长按报纸上的要求写一篇文章交上去参赛。同学情绪激动："你说这老师真是的，不好好教学生，却让家长去参加什么大赛，简直是天下奇闻！"

我觉得这教师也真是无聊，便半是揶揄，半是安慰地说："只顾挣钱，不读书看报，这些穷教师对你们家长提意见了不是？"

"没钱花了，招呼一声不就得了，可这不是硬抱母鸡过小鸡吗？非要家长写文章，这是哪门子差呀？"同学很气愤地又责怪起他儿子，"我那臭小子也真浑蛋，让他拿1000块钱去交给老师，文章免写，可他不干，拿不到文章，还不上学了。"同学发泄一通后，又央求我，"这事在我是文盲看布告——一抹儿黑，在你就是卖肉的切豆腐——不在话下，就拜托你了，获奖了，奖金是你的，我再请你客。"

我想推辞，但同学那股缠劲让我盛情难却，只好勉强答应下来。而且这事来得也急，明天就要。

君子一言，驷马难追，谁叫自己没事找事到报纸上去卖那些"豆腐块"的呢？我绞尽脑汁，搜肠刮肚，却也挤不出半点儿墨汁来。

我越想越来气。

猛然一个意念闪过，何不写一位好老师来衬一衬这位坏老师，让他受点儿刺激，受点儿教育。似乎在哪儿看过一段子事，于是我就仿着写了这样一篇文章。文章写的是一位教师，家境窘迫，但他长期资助一位父母双残、家庭困难的女孩上学。自己的孩子病了没钱治，小女孩上学又要钱，于是老师就卖血，一个月卖了三次。后来，老师终因身体虚弱倒在了讲台上，再也没有起来……

莫名的激情让我很快就完稿了。交给同学时，既算了了桩差事，也感到心里格外畅快。

几个月过去了，我早已把这事忘得干干净净。同学突然打来电话，说那篇稿子写得太生动太感人了，获得了一等奖，奖金1000元。同学还在电话里说，说话算数，奖金你得，请你撮三顿。

1000元，对我们工薪阶层来说，诱惑力太大了，这毕竟是我第一次在文学作品大赛上获奖，况且也是对我劳动成果的肯定呀。我异常兴奋。

　　同学的三餐客还只请了两餐，半个月就过去了，可奖金还不知在哪儿。我想，奖金肯定是那位贪心的老师给吞了。于是，我拿起电话打到同学那儿，同学很惊讶地说，你还没去领呀，怕是过期了吧？我帮你问问。

　　第二天一上班，同学紧绷着脸，迈着沉重的脚步走进我的办公室。同学的眼圈红红的，尚未开腔，两行泪就流了下来："老师……老师……他……"

　　我预感到发生了什么事，但心想值得为这样的老师而悲伤吗？我疑惑着问，可同学只顾用手抹眼泪。

　　同学边抹泪边抽噎，接着说："老师的妻子下岗了，生活窘迫，但他长期资助一位父母双残的女孩上学，为了给自己的孩子治病，不让那位女孩辍学，老师去卖血……卖血……一个月卖了三次……前几天，老师倒在讲台上，再也没有起来……再也没有起来……"同学哽咽着说不下去了，哇的一声，失声痛哭。

　　我的泪就这样流着，呆着，不知同学说了些什么……

殊途同归

云红和紫燕是大学毕业后一同到南方公司来工作的。来之前，云红和紫燕既是同学，也是很好的朋友。云红性格外向，凡事爱抛头露面，不管在什么场合都表现得很活跃，而紫燕呢，性格内向，不爱言语，不管在哪儿都是沉默寡言。

来到南方公司后，年轻的公司老总因材施用，云红被安排在了公关部，紫燕则被安排在了档案室。云红到了公关部后，表现十分突出，得到了老总的器重，一年后就被提拔成了公关部部长。紫燕在档案室里，除了定期收集整理档案外，整天埋头在报纸杂志里，仍是办事员一名。

云红交上了好运，在被提拔成总经理助理以后不久，又成了总经理夫人。紫燕呢，在档案室工作几年后，考取了省城一所大学的研究生，离开了南方公司。

紫燕在离开南方公司的时候，云红特地为紫燕送行。两人在一起谈了很多。紫燕对已身怀六甲的云红说："云红，你真有福气，就这么几年时间，地位有了，金钱有了，丈夫有了，马上就要当妈妈了。"紫燕说完沉沉地叹了口气。云红则说："紫燕，咱们性格不一样，恐怕想法也不一样，有时性格决定着一个人的命运。"云红说完也叹了口气。

也许正如云红所说，性格决定着一个人的命运。云红在南方公司有着很高的地位，而且由她和老公经营的南方公司效益一直很好，规模不断发展壮大，成了在全国都占有着一定位置的大公司，云红的事业是成功的。

而紫燕呢，内向的性格决定了她不会成就一番大事业。云红出差省城，到学校去看望紫燕。学校安静的环境和浓厚的学习氛围让云红感慨万千。云红说："紫燕，你在学校还保持着那份简单，那份清纯，那份情趣，那份活力，看到你，我都有一种老气横秋的感觉了。"云红说着，又是慨叹，又是后悔，巴不得马上到学校读书。紫燕就觉得云红的话语里有一种不太自然的东西。

紫燕假期到云红公司玩了几天。紫燕说："云红，看着你事业有成，家庭幸福，我都羡慕死了。女人嘛，图什么呢？"紫燕还说，"读几年书，书本知识怕是增加了，可事业的周期也怕是要缩短了。你看你，用那么短的时间，就赢得了这么好的效果，你该知足了。"云红就感到紫燕的目光里有一种很奇怪的东西。

此后，云红和紫燕再也没有来往。

十年后，在一次经贸洽谈会上，云红和紫燕相遇了。已当上南方公司总经理的云红说："紫燕，我早就知道你冷静沉稳的性格一定会成就一番事业！"已成为北方公司总经理的紫燕说："云红，我就知道你热情开朗的性格能保持不衰的活力！"两人说完又笑了："看来性格不同，却可殊途同归啊！"

分手的时候，她们都握了握拳头，又伸出两个指头，大概意思是命运握在自己手里，成功定在你我之间吧！

特邀嘉宾

小丽给我打电话说她要出一趟差，邀我陪她去一下。恰巧那天没事，又碍于同学的情面，我答应了。

小丽开着一辆帕萨特径直到了我单位楼下。小丽圆圆的脸蛋，大大的眼睛，眉目清秀，很漂亮。

"你这位公关部经理可是越来越阔气了，啥事想到我这位穷干部身上来了？"看着小丽妩媚的笑，我问。

"没啥事，只要你陪我走一趟就行。"小丽发动车，上路了。

我不知道她葫芦里装的什么药，就问："到底有啥事？"

小丽只是抿嘴笑笑，很羞涩，也很灿烂。

上高中时小丽是学校一朵艳丽的花，走到哪里，哪里男生的脖子都会扭个一百八十度。追求小丽的男生自然不少，有的想方设法递纸条，有的走路时故意和她擦擦肩，有的不惜献上自己一个谄媚的笑，但小丽始终是镇定自若。那时的我在班上默默无闻，根本不能引起任何人的注意，更谈不上众星拱月似的小丽。

但不久小丽就退了学。说是班上的小刚买了副羽毛球拍，在学校旁边的小巷里堵住小丽，两人正搂搂抱抱的时候，被老校长发现了。

后来听说小丽很快就结了婚。不过她的丈夫不是小刚，而是一位年纪比她父亲还大的个体老板。此后不到两年，小丽又离了婚，因为她丈夫在外面同别的女人勾搭。

再后来，她就到这家私营企业打工，混到了现在的位置。

小丽有今天，我自然为她自豪，为她高兴，毕竟同我们这些穷干部比，她一辈子也不用为缺钱而发愁了。

车行两个多小时到达省城后，在一家超市前停下。小丽上来挽着我的胳膊，我很不自在，说别这样。可她说有啥，就这样。小丽和我靠得很近，仔细想来，俨然一对情侣。我的脸上一阵发烧，心里咚咚直跳，但小丽一副非常坦然的样子。

来到男装柜前，小丽并不在意我想什么，也不在意我说什么，指着一套西服说，就这套，让这位先生试试。

我没法回绝。

买了西服买毛衣，买了领带买衬衣，可以说我完全被装饰一新了。当了这么多年干部，从来都是不修边幅，别人都戏谑我是艰苦朴素的楷模，这样有条有理的装点，平生第一次，况且都是清一色的名牌，穿在身上确实感到一种从未有过的奢侈和荣耀。

紧接着是洗头、烫发，小丽着意打扮了一番，头发向上蓬起，时髦得像影视明星。后又在一家豪华大酒店吃了石烹百合、对虾、扇贝皇、烧茄子等几个大小菜，来了两杯威士忌。我们便红光满面地上了车。所有这一切都是小丽安排的，由不得我推脱，开销当然也都是小丽支付的。

车并未返回，而是在省电视台门前停下。然后，我们来到了电视台演播大厅，坐到了前排的位置。

我做梦一般，感到莫名其妙。直到主持人把话筒伸到我们面前，小丽接过话筒代表公司老板讲话，我才恍然大悟。原来今天是由她们公司赞助的一场促销晚会，晚会对全省进行现场直播，我还被作为她们公司的特邀嘉宾在现场和小丽一起表演了夫妻猜谜游戏。尽管我表演时的表情并不太自然，但现场的气氛实实在在地让我在全省人民面前亮了一回相。

晚会结束后，不知为什么，我的脑海里总浮现着小刚和老校长的影子，好像还愈来愈清晰。于是，我坚持要连夜赶回。小丽开着车，一脸得意，还哼着黄梅戏《夫妻双双把家还》的曲子，全然不顾我复杂的内心。

辫子与胡子

辫子所在的国营服装厂垮了，人也下岗了。

于是，她来到胡子的服装作坊打工。

胡子当兵复员后没要求安排工作单位，做了几年布匹生意，小赚了一笔，是个体老板。

辫子并不是主动寻上胡子门来的，是胡子知道国营服装厂倒闭后，找人打听到辫子在厂里活儿干得最好，方才请到她的。开始辫子不愿意，我堂堂国营服装厂的技术骨干到你个体小作坊打工，那不是太跌份儿了吗？但为稻粮谋，又有胡子多次上门的一片诚意，辫子才同意。

辫子到胡子的作坊后主要负责裁剪。在这个十多人的小作坊，辫子就凭自己的一双巧手，这款那式，她都能照模照样完成，其他缝合的事就交给别的打工妹。

辫子干活很卖力，每天起早贪黑，所的有人都被她折腾得怪紧张的。

于是，胡子的生意蒸蒸日上。

于是，胡子的作坊变成了小型服装厂。

于是，胡子的服装厂扩大了规模。

辫子偶然去逛商店，在服装展柜前品味服装时，她发现好多服装是那么的熟悉，就像自己身上的衣服一样。当她再看品牌时，不禁傻了眼，这不是原来国营厂的牌子吗？这不是自己亲手制作的服装吗？

辫子诧异。

辫子想到了自己辛勤工作过的国营厂，想起和自己一起战斗的同事们的遭遇和命运，她便萌生了到厂里去看看的想法。来到厂区，厂房设备依旧，但人去楼空。辫子感到凄凉与悲哀。

刚要离开厂子的时候，她碰到了厂里业务总管、总工程师老严。老严是自己不愿离开，留下来当门卫的。辫子把刚才在商店里看到的事儿给老严一说，老严就迷糊起来，厂里的库存不是处理完了吗？这怎么可能呢？

告别时，辫子说，老严，抽空到商店去看看，一定去看看。

老严说，不用看，那绝对不是我们厂里的货。

辫子说得认真，老严回答得肯切。

辫子回到住所，她好像想到了什么，又好像被人骗了一样，心里堵得难受。

胡子找到辫子的时候，平日温和的辫子突然冲起来，胡子啊胡子，你太昧良心了，就是饿死，我也不愿跟你干了。胡子也对她没好声气地说，你辫子不要不识抬举，我胡子可是讲信誉，按劳付酬的，你不愿干，就早说，不然，你还得赔我损失。

辫子怒了，指着胡子鼻尖，我今天终于知道国营厂产品滞销的原因了，你敢造冒牌货，给我走开。

胡子悻悻地走了。

第二天，正当辫子打点行装准备外出打工的时候，老严找到了她，说有个老板将厂房租赁了，花几百万元为职工办了养老保险，还专门要求留下原来的技术骨干。辫子，你是厂里最出色的，你不能走。

辫子感到意外，也感到高兴。不管将来怎样，厂子总算是有点希望了。

　　租出去的厂子很快就要开始生产了。辫子和其他员工一样急切地等待着老板的到来。

　　胡子夹着皮包走出小车时，老严领着员工在办公楼前欢迎。胡子和大家一一握手，却没看到辫子。胡子举目四望，看到辫子正离开厂区。他急忙跑过去，向辫子深深地鞠了一躬，说："不是为你，不是为你常牵肠挂肚的国营厂，我是不会拿出我所有的积蓄，还贷那么多款来租这厂子的，请你留下来帮我保住这块牌子吧，就算我胡子将功补过！"

　　辫子止住了脚步，回头望着胡子。

　　一会儿，两双手紧紧地握在了一起。

别犯傻

"真高兴认识你！"

"我不认识你，你怎么就遇到我真高兴了！"

"天宽地宽，没有信息宽；天大地大，没有朋友大！"

"看你这人，说话还有点儿理！但我不认识你，咋又成朋友了？"

"理儿？我还没闹明白，这天底下还有理儿？除了朋友还有啥理儿的？"

"你说天底下没理儿？"

"是。我给你说个事儿。"

"你说吧。"

"昨天，我在街上看到一年轻女子给了一中年男人一记耳光，那中年男人就揪住了女子，说，你为什么要打我？那女子愣了会儿，说，对不起，我看错人了，你的长相太像我老公了！"

"这个女人，也太不讲理了！"

"是啊！也许并不是这个女人无理，兴许她真的是想打她的男人，而错打了。"

"是吗？"

"也许她男人打麻将输了，买股票跌了，做生意赔了，开汽车碰人了，被领导下岗了，找小三被捉了……"

"你这么说，她倒还真有理了。我昨天看了一篇报道，你看有没有理儿？"

"说来听听看。"

"为赈灾，一个单位捐款了。你看是怎么捐的：一把手 200 元，副职 100 元，其他干部 50 元，可偏偏那个张三捐了 1000 元，还是美金。第二天电视台来了，硬问张三美元是从哪里弄来的，张三说是一个美国亲戚寄给他的，他用不着就捐了，你瞧他们领导怎么说：你有美元就到美国去工作好了。第二天，张三被停职了。"

"张三啊张三，美国人好出风头，能够弄个电影《2012》来把全世界都搞紧张了，你出个风头，不是只能把领导搞害怕了还能咋的？"

"是啊。你说这人没理儿也就是了，可这老天也不讲理儿。"

"是吗？"

"那冰岛喷了火山，硬把飞机给整停了；那海地发地震，硬把地给整平了……"

"你说的是天不讲理，我也来说段：那挖煤的地方不知咋整的，老塌矿透水；那有钱的地方不知咋整的，老往外国跑官；还有那个什么有权的人不知咋整的，钓鱼你就到水里去钓好了，老想着法儿钓人……"

"瞧，你这么一说，还真把人给说醒了，天不讲理可怕，人不讲理也未必就不可怕！"

"不是有句话：天作孽，犹可违；自作孽，不可活。唉——"

"咱俩这么投机，那你说我遇见你该不该喝一杯？"

"该，不讲理的该，那咱俩就是不讲理的朋友了，干杯！"

"这酒呀，我一沾就晕乎。我想不讲理地问一下你的职业？"

"我呀，除了喝几盅外就喜欢上个网，家人说我中了网毒，硬把我送到什么网毒戒毒所来了。可我还是憋不住，又没法出去，就天天瞅，瞅到所长办公室有台电脑，所长天天在那儿上网。他所长都能上，凭啥不让我上？我就撬开了所长办公室的门，跑到网上来了。"

"别犯傻！快回去。我就是这里的所长……"

青松魂

那时，爷爷和奶奶二十岁上下。结婚时，爷爷和奶奶栽下了一棵青松。栽下青松后不久，爷爷扛上枪，成了一名八路军战士。

望着爷爷远去的背影，奶奶泪眼蒙眬，喊："打完鬼子就回家，打完鬼子就回家……"爷爷跟上部队，回过头，两手做成喇叭状，也喊："天地良心，青松为证……"

奶奶与青松为伴，伴着对爷爷深深的思念，盼着爷爷早日打完鬼子回家。

奶奶的梦离不开爷爷。奶奶梦见爷爷隐蔽在青松林里，手指不停地扣着扳机，敌人就狼嚎般一个一个倒下去，百发百中。奶奶就夸爷爷："好样的，狠狠地打……"奶奶笑着就不见了鬼子，也不见了爷爷……

青松一天天长大。

爷爷还没回来，鬼子却进村了。随着"八嘎八嘎""哟西哟西"的淫叫声，鬼子疯狂掳掠着这里的活物。

奶奶吓得躲进闺房。但一个鬼子一脚踹开了房门，冲上来抱着奶奶就凑上他的"小撮胡"，直把奶奶往床上按。就在鬼子松开腰间的皮带，撕扯奶奶衣服的当口，奶奶顺手抓起枕头下的绣花针，朝鬼子的眼睛倏倏两下，鬼子惊叫了两声，黑血流了出来。鬼子一只手捂着眼睛，另一只手扇了奶奶一个耳光，

219

又掐住了奶奶的脖子。奶奶顺势抓起床头的剪刀，朝着鬼子猛捅，鬼子"哎哟哎哟"地瘫了下去。奶奶逃到了河边的芦苇丛中。

鬼子在这里扫荡了一天一夜后，烧了这里的房子。

奶奶用芦苇秆把房子扎在了青松旁。

奶奶流着泪，跺着脚，怨爷爷，你咋打的鬼子呀，咋就让鬼子跑到自己家门口来了呢？

一年又一年，青松的模样显得挺拔了。奶奶终于听到了胜利的凯歌。

奶奶每天都在送走爷爷的时辰，踮着脚，望着爷爷离去的方向。

爷爷最终没有回来。是组织上委派爷爷的部下专门来看望奶奶，说政委他到前线指挥战斗时，在和日本鬼子激烈的战斗中牺牲了。

奶奶打开爷爷的遗物，只有一件棉布白衬衣，白衬衣上是爷爷用血画成的一棵青松。

奶奶颤抖着攥着血衣，倚在青松上泪水掉成了线，仿佛看到爷爷也倚在青松上端着机关枪，"叭叭叭叭"把每一颗子弹射进鬼子的胸膛……

奶奶笑了，爷爷变成了这棵挺立的青松。

表　弟

　　表弟的妻子出去打工几年了，一直未回家。去年春节，家里人再次劝表弟，干脆离婚算了，这天底下还怕找不到合适的女人做老婆？

　　表弟沉默无语。

　　那年，小孩刚满三岁，表弟的妻子就到南方去打工。表弟将妻子送上长途班车，直到班车完全从视线里消失，仍然不停地摆动着那双粗大的手。从此，家里的事全落到了表弟身上，整田地、做家务、带孩子，起早又贪黑，当爹又当妈，表弟辛苦得黑瘦黑瘦的。

　　表弟没出去打工，是因为他没手艺，表弟赞同妻子出去打工，是想让妻子的一手好缝纫手艺有用武之地。表弟对妻子出去打工是寄予厚望的，因此在家里就是再苦再累也觉得值。

　　上半年，表弟和妻子通过几封信，妻子还打了几次电话回来。后来慢慢就少了，淡了。下半年，表弟写过好几封信，妻子都没有回。快到过春节的时候，表弟又写了封信，办了特快专递，但仍如石沉大海。

　　直到腊月三十，表弟贴好对联和门画，还买了一挂长鞭炮，烧好了年饭，和儿子在门前望着妻子回来。表弟终究还是失望地和儿子放响了鞭炮。

　　那夜，表弟翻来覆去地睡不着。懵懵懂懂的儿子说，爸，我想妈。表弟喊了声乖儿子，便把儿子揽在怀里，眼里噙满了泪。

按照我们这里的习惯，大年初一拜父母，初二才去拜岳父岳母。表弟心里急，想去讨个信，初一大清早就到岳父岳母家去了。岳父绷着脸，没说什么。岳母急得直跺脚，快去把俺闺女找回来！

回到家里，表弟又步行好几里路到邻村与妻子一块出去的人家问，人家说，她不是在半年前就离开厂子了吗？

表弟很惊讶。春节还没过完，就登上了南下的列车。十天后，表弟带着一脸的疲惫，满脸的愁容回到家中。

熬过了漫长的两年。直到去年春节，表弟到岳父岳母家拜年，才知道那幢土坯房已经变成了三层楼房。表弟刚进门，就看见岳父的脸沉着，又像没事似的数落他，俺闺女交给你可是好好的，准是你这个浑蛋欺负了她。直弄得表弟一脸灰。

岳母在一旁坐着没吱声，只是在表弟临走时递给他一张纸条。

表弟急匆匆回到家里，对着纸条上的手机号码打过去，点名道姓找妻子，对方的回答是那种拉拉腔的男中音："她不在的啦——"

表弟再打，对方已关机。

第二天，第三天……表弟打过若干次，对方不是不接，就是关机。

表弟茫然，似乎又释然。

来年春节，不知表弟又做何选择？

六个鸡蛋

我从不上街买菜，家人嘲讽我，都什么年代了，还耍大男子主义，你呀，大菜场门都不晓得朝哪个方向开。

我感到憋气，咱们男人大事做没做不好说，这买菜还不是小菜一碟。我抖擞抖擞精神，到菜场去争口气。

咦，这菜场人声喧闹，琳琅满目，应有尽有。我绕菜场一圈，却不知如何下手，如果囫囵买一些回去，那家人还不笑死我了。

置身于龟鳖虾鳝、猪兔羊狗、鸡鸭鱼肉、椒菜粉蛋等之中，我凭感觉，靠琢磨，经济而流利地采购，十指挂满黑绿红三色塑料袋。

正要走出菜场大门，门前老媪的声音让我止住了脚步。"土鸡蛋，卖正宗土鸡蛋……"声音并不洪亮，略带几分哀求。

我转身蹲在她的提篮前，篮子大部分空着，只有一小半装着鸡蛋，还有一小塑料袋装着鸡蛋放在另一端。我佯装内行，拿起几个掂了掂，问价钱，她说前面的个小，一个三角，袋里是大个的，一元三个。我看了看她，她说这鸡蛋是她家老母鸡下的，绝对正宗。凭我的直觉，她也绝对是一个厚道的农村妇女。我没再考虑，拎起塑料袋，按她说的60个，20块，掏出两张大团结放在篮子里便走了。

回到家里，我直咋呼着说我买的菜如何有特色，如何讲究营养搭配，如何质高价廉，尤其是这土鸡蛋，正宗的，60 个，20 块，划算。

到外地出差三天后，我刚踏进家门，家人便责问，瞧你那天买的菜，短斤少两的不说，就这鸡蛋就少了 6 个，只有 54 个，人家上汽车牌照都不愿选这个数。堂堂一个大男人，给老太婆骗了，简直是个傻蛋。

这世道真是邪完了，我想，再让我碰着，非要她给个说法不可。但转而又想，乡下的老太婆养几只鸡下蛋挣点钱也不容易，只要她承认，哪怕补上一个也算顺了口气。

第二天一早，我再次自告奋勇上街买菜。刚进菜场门，我一眼就瞥见了门口坐在一块红砖上的那个老媪。我边走边用手指指她："老太婆，敢骗我，等会儿找你算账。"

我以为老太婆肯定会吓跑，但当我再次十指挂满三色塑料袋出门时，老太婆却还在那里。

没等她开口，我便质问："老太婆，还记得我吧，上次买你的鸡蛋，少给了我六个，快给我补上。"

老太婆眼睛盯着篮里的鸡蛋，再看看我，没吱声。我更火了："快给我补上，不然就叫工商的人来罚你的款。"

老太婆慢慢地从口袋里掏出一个皱巴巴的红色塑料袋，一个一个地往里面装，还轻轻数着，数到第七个时，老太婆说："年轻人，上次也是个小伙子硬要搭上几个大个的，我忘了补上，这回补你六个，赔你一个，咱老太婆不亏心。"

世上哪有这等好事，我有点不相信自己的耳朵了。我急忙说："我不想占你的便宜，六个就六个，多一个我也不要。"

旁边卖水果的中年妇女愤然不平："你这人也真是的，老人家为了还你鸡蛋，等你好几天了，好心没好报，有理也不能太欺负人了。"

我简直给说晕了，起身便逃。可那鸡蛋却像一块块石头压着我的心，让我步履沉重。待我折回菜场门前时，她已经走了。提着鸡蛋，我真是无地自容，愧疚万分。

依靠的肩膀

　　晚霞在晚报上看到一则新闻：一名击剑运动员经过十几年的磨砺，在即将走向赛场争取最高荣誉的时候，遭遇不幸，失去了双臂，再也不能举起手中的剑，希望破灭了，就多次想用剑了断终生，可他又无法用手握剑……这名运动员叫阳光。

　　看着这则新闻，晚霞摇头叹息不已，因为自己也是一名击剑运动员，有深深的体会。

　　可晚霞并不是个光有叹息和怜悯之心的人。晚霞找到了运动员阳光，说要请他当自己的教练。阳光没有答应，因为阳光觉得自己连剑都不能拿，怎么能当教练呢。晚霞就又请他当陪练，阳光也没有答应，没有双臂，又怎么陪练呢。

　　为了不让晚霞失望，阳光就专门请人制作了一尊无臂模偶送给了她，让她放在训练场，在进行完体能训练、对抗训练后，对着模偶进行自由练习。但模偶毕竟只是一个一动不动的靶子，晚霞练习起来怎么都找不到感觉。

　　于是晚霞就又找到阳光，说对着模偶练习一点感觉也没有，请他到现场指导指导。这次阳光没有拒绝。

　　在看着晚霞训练了一段时间后，阳光总感觉她的训练还缺点什么。于是，阳光就找来块眼罩蒙住了晚霞的眼睛，让她进行闭目练习，阳光称之为感觉练习，他自个儿在模偶后面前后左右地唤。

每次取下眼罩，晚霞都说感觉一次比一次好。而阳光却说，晚霞，你的精神还不够专注，力量还不够有力，剑法还不到火候，特别是还没有找到胜利者的激情。

于是晚霞就把模偶当作真人一样，激情四射。可有一次晚霞的眼罩突然就掉了，她发现站在她面前的不是模偶，而是阳光。晚霞就放下手中的剑，说这样我会伤害到你。阳光只是说，你看我这不是好好的吗？出剑吧。

晚霞的进步很快，直到面对阳光的时候好像前面有一支无形的剑在和她较量，而她每出一剑都感觉到了自己的剑如飘逸的风，疾而稳，静而准。

经过几年的苦练，终于迎来了一次击剑盛会。在比赛场上，晚霞一路过关斩将，最后登上了最高领奖台。她自豪地挥动着双臂，又自豪地捧起了奖杯，面对冉冉升起的国旗，她流出了激动的泪。

走下领奖台，晚霞冲上观众席，紧紧地拥抱住阳光。

当聚光灯照着他俩从观众席上走下来的时候，所有人都看到阳光那两条空无手臂的袖子飘了起来，全场一阵寂静，继而爆发出了热烈的掌声。

被记者拥簇着的晚霞只说了一句：尽管他失去了手臂，但他给了我依靠的肩膀！然后就靠在阳光的肩膀上幸福地笑了。

老　街

　　老街有多长历史，我不知道。只是听上辈人说它的历史很久很久，上辈人也是听上上辈人说的。

　　其实，老街只不过是一条宽不过两米、长不过百米的巷子。据说，过去很长一段时间，老街是小城商贾云集、财富聚集、最繁华最热闹的地方。

　　沿老街两边是一色的青石主墙、青瓦屋顶、青木檩椽的房子。房子也是一样的廊檐、厢房、天井、正屋、拖房构造。廊檐下的石碥上雕刻着各种奇禽怪兽，石柱上镂刻着两条向上腾游的巨龙，房顶两只展翅欲飞的凤凰，对开的石门上是两只对蹲着的吠犬，门上褪色的铜锁溜光铮亮。岁月和风雨把老街涮洗得沧桑而凝重。

　　相传，老街出了不少名人富人。一位巡府大人回老街探亲，老街的街坊邻居们煮酒摆宴用的是金盅金盏银碗银筷，墨客骚人们还现编段子搭台唱戏大扬威名。

　　老街是百姓向往的地方，生活在老街就好像享受到了天堂般的美好生活。

　　时间让老街变得迷幻与迷茫，老街也慢慢地失去了往日的繁盛，直至在如今喧嚣的小城中寂静无声。毕竟与高楼大厦相比，老街太渺小；与宽阔的道路相比，老街太狭隘；与琳琅满目的市场相比，老街太空泛；与快节奏的现代生活相比，老街太古板。

老街在沉默中安然沉睡。

最近一纸改造通知书惊颤了长期生活在老街的百岁老者。说是小城最大的招商引资项目要开工，老街要拆除，由外商把它建成与现代化城市相匹配的高楼大厦。装载机、挖掘机来了，孤独的老者圆睁双目吼，要碾就从我身上碾过去，要拆就先把我身上的骨头给拆了。

老街在隆隆的机声中发忧。但工程机械终没有碾过老者坚硬的骨头。

老者要走了。离家近半个世纪的儿子从海外急匆匆归来。老者苍老的手紧紧握着儿子的手，说："我……要走了……老街……老……街……"老者用尽了浑身的力气，两颗泪珠从他的眼角滚落下来。

老街用平静为老者送行，儿子的心里却久久不能平静。多次想接走父亲，父亲说舍不得离开，后与当地政府联系，本想为家乡的城市建设作点贡献，想不到要改造的就是自己的出生地老街，也想不到誓死捍卫老街的是自己的父亲啊。

儿子在老街走来走去，眼睛四处搜寻着父亲的遗迹。忽然间，他紧锁的眉头开始舒展，心中的死结开始解开。于是，他举起相机，呼闪呼闪地收藏着老街的一切，咔嚓咔嚓地记录着老街的容貌。

儿子离开小城后不久，一辆满载黄头发蓝眼睛的大客车停在了街头，他们走进老街，叽里呱啦地交谈着，比画着，手里都拿着登载老街照片的杂志。

外国人的到来，在小城引起了轰动。于是官员们、专家们、学者们、记者们纷至沓来，似乎老街有什么秘不可宣的奥妙。

来老街参观的人络绎不绝，老街又融入了沸腾的小城，焕发了青春。老街正编织着一个更加美好的梦。

椿　树

　　老家打来电话，说老屋旁那棵大椿树没有发青，恐怕是枯死了。父亲知道了，十分惊讶，非要我和他一起回去看看。

　　父母是地地道道的农民，年纪大了，去年接来和我们一起住，老屋瓦房空着，那棵大椿树也孤独地耸立在那里。

　　回家的路上，父亲一直唠叨着这棵树的履历。"以粮为纲，全面发展"的年代，我家房前屋后大大小小的树全都被砍光了，只有这棵椿树当时还只一米来高，又扎在我家竹竿房的壁缝里，才幸免于难。

　　时光流逝，树也长高了。20世纪70年代初，我家改造房子，父亲没有采纳左邻右舍的建议，宁愿房子与别人的不齐整，也要把墙脚垒在树根儿上。父亲还说，前几年，邻近地方不少树贩子盯上了这棵树，有的出千儿八百的高价钱，父亲也舍不得卖它。谁要是砍这棵树，除非先拆了我家的房子。

　　树朝房子这边略微倾斜，庞大的树冠就像一把大伞，能遮住房子的大部分。父亲看着、摸着、拍着，嘴里还念念有词，好像在说怎么突然就这样了呢？我说，爸，这树既然已经枯死了，就把它锯了吧，不然那么大的枝丫，风吹断了，不连房子也砸垮了吗？父亲呆在那儿，好像没听见似的。我找来几位亲朋，让他们帮忙把树放倒算了。

听说放树，来了一大群人，发着自己的感慨。

"这树可是这地方难得的大椿树，就这样放倒，太可惜了。"

"这树反正是死了，放在这儿枯了、朽了就没价了。"

"这树恐怕是因为你家搬走了，没准是没了伴儿，给气的。"

……

大家说着，房族已掉牙的老奶奶开口了："儿啊，你在外做啥亏心事了，就这般作孽呀，把这好端端的大椿树给糟践成这样？"

几位好心的朋友相劝："我看这树不能锯，人说背靠大树好乘凉，这大树是有灵气的，锯了，你小子将来靠什么？宁可站着死。"

听着他们的议论，父亲愁容满面，又生狐疑，大家也等着他发号施令。

"锯吧！"父亲终于开口了。

锯声响了，我发现父亲的心似乎随着锯子"唰唰"的响声在颤抖，锯越吃越深，父亲的呼吸越发急促。快锯断了，父亲把手放在树上，却显得异常平静了。

树在众人的拉拽声中轰然倒向预定的方向。父亲急忙跑过去，看着说："老了，空心了，这兜子还活着。"父亲茫然，却又有些激动。

有人建议，请人来把树估估价，卖了也还能换钱，不然时间长了，就只能劈柴烧了。

但父亲说，大伙儿再帮帮忙，把它锯成段儿抬到屋里去。

大椿树安然地躺下了。临走，父亲到河边挖了担淤泥，一锹一锹地培在了树兜上，等着它再发新芽。

记着一支歌

阳光妩媚。花儿的心情却很沉。

花儿没有理由不想起丰，因为丰是自己的爱人。但花儿一想起丰，心情就沉。

在大学里，花儿是学校名副其实的一枝花，可花儿却天生爱孤独，爱宁静。下课了，花儿总爱把自个儿关在宿舍里听歌曲、听音乐。班里的同学都说花儿是一朵没有思想、没有开放的花。

其实，花儿是很有思想的，只不过花儿从不表露自己。花儿唯一一次表露自己是在一次晚会上，花儿唱了一曲《花儿为什么这样红》，花儿唱这歌的时候，俨然自己就是电影《冰山上的来客》里那个主角儿，花儿唱得很高亢，很投入，调儿拉得圆，词儿也咬得准，听起来自然就很和谐，也很流畅。同学们惊叹：花儿从不唱歌，怎么能把歌儿唱得这么好呢，看来不显山不露水的人还真是有一手啊！

追求花儿的同学很多，但花儿始终平静如水。直到同学们离开学校走向社会的时候，才有人看到了花儿的选择，遗憾的是，陪伴花儿的是丰。

花儿和丰来到了同一座城里。花儿当上了教师，丰如愿以偿地成了一名机关公务员。花儿和丰结合是在他们大学毕业一年后。花儿记得在他们结婚的那天晚上，丰很兴奋地感叹："真没想到你堂堂一校之花竟看上了我这样相貌平平又默默无闻的平庸之辈，我这辈子可是癞蛤蟆吃到天鹅肉了！"花儿却说："我爱的就是默默无闻，爱的就是你这只癞蛤蟆呀！"丰一把将花儿揽进怀里，说我爱天鹅，我永远爱你这只漂亮的白天鹅。

丰在学校时的表现并不突出，可走入社会，丰的成绩却很突出。按单位同事的说法，丰有三大优势：一是有沉稳的外表，天生就是一块当干部的料；二是有过人的酒量，一斤两斤酒下肚，自己无事客人醉；三是有乖巧的嘴巴，接人待物得体自然，不矫揉造作。正如此，丰工作起来如鱼得水，游刃有余。丰的成绩得到了领导和同事们的认可和赞扬。

参加工作不到十年时间，丰从一般办事员，到副股长，到股长，到副局长，最后坐到了局长的宝座上。丰当上了局长，回家更少了，和花儿在一起的时间也更少了，而花儿在学校教学生，在家里看孩子，对丰的工作给予了很大的支持。

慢慢地，花儿觉得丰和她有了一种说不清的距离，而且这距离随着丰职务的升迁变得越来越远了。花儿想和丰好好谈谈，但花儿看到丰每天早出晚归，一副疲惫不堪的样子，总是想开口却未能出声。

花儿知道丰能有今天，付出了太多太多。花儿在丰睡着后，从头到脚地看了一遍丰，花儿就发现丰的头上有了根根银丝。花儿睡不着觉，花儿看着睡得很香的丰，眼泪流了出来。花儿觉得应该和丰好好谈谈，但第二天早晨待花儿醒来的时候，床上已经没了丰。花儿坐在床上愣了好一会儿神，也叹了好一会儿气。

在年底开班子会时，工会主席建议，举办一次职工文娱晚会，让职工们放松放松精神，也请家属们来活跃活跃气氛。这个建议得到了几名副局长的一致赞同，丰就拍了板。

花儿也来参加了晚会。晚会的气氛很好，在晚会进入高潮的时候，主持人兴致勃勃地来到丰和花儿面前，大声说，请局长和夫人给我们表演一个节目，大家说好不好？丰和花儿一番推让，但终究推让不掉大家热烈的掌声。来到台上，丰在给大家讲了几句鼓励的话后，就看着花儿，花儿就说，献丑了，我给大家唱一首电影《冰山上的来客》的主题歌《花儿为什么这样红》。又是一阵热烈的掌声之后，花儿就开了腔。

"花儿为什么这样红……"让花儿想不到的是，丰在花儿唱出第一句后，竟很熟练地和花儿合唱了起来。

花儿和丰都很投入，唱着唱着，花儿情不自禁地拉住了丰的手，丰的眼里就有了泪。唱完，丰很激动地给了花儿一个深情的吻，丰说："花儿，我记得这支歌，我怎么会忘记这支表现你个性的歌呢，不论对你，还是对工作，都要'红得像一团火'，你说呢？"

花儿的泪涌了出来。

台下的掌声经久不息。

小妹的水饺摊

在农村的小妹这几年种了很多田，虽然才三十刚出头，由于长期的田间劳作，黝黑的皮肤，非洲人一般。再说她并不俊美的外表，略显苍老的面容，生就一副农家妇女的形象。

小妹结婚后，只生了一个女儿，叫缓，今年十岁。放了暑假，缓要到城里来玩，小妹就带着她来了。小妹来后，我们上班，她就逛街。

有一天，小妹说，哥，我去找了我们村里来的一位熟人。我说，你到这里来，会会熟人也好啊。小妹说，熟人在城里开饭馆。我说，现在开饭馆的人太多了。小妹说，生意不错。我说，是吗，小饭馆能赚多少钱？小妹说，比咱种田强。

直到这时，我才懂得小妹的意思，我用怀疑的眼光看着小妹，你也想开饭馆？我想把熟人那里的一个夜市摊子接了，是专门卖饺子的，小妹看着我，好像在等着我表态。我说，你有没有搞错，我们这儿可是南方，不是北方，只有北方人才喜欢吃饺子的，再说，你们乡里人可是从来没动手包过饺子啊。

大概是见了我怀疑且略带鄙夷的目光，小妹就没再说什么。

第二天，小妹要回家，我和妻说，让缓再玩几天吧。小妹要缓走，而且态度很坚决。缓噘着小嘴，很不情愿，但任凭我和妻怎么留也没留住。

小妹的性格有点儿倔，认定了的事，八头牛也拉不回来。

　　不久，小妹的水饺摊还是开张了，是傍晚约六点钟出摊的，整个家当是用一辆板车拉去的，上面摆着所有要用的东西。

　　小妹并不懂得做生意的诀窍，刚开始坐在那里，看着别人吆喝，自己就是吆喝不出来。原来的一部分老顾客，看到摊主换了转身就走，小妹心里那个急呀，从她呆呆看着客人离去后而不停扫射四周的目光就可以看得出来。

　　为了给小妹点安慰，我和妻吃了晚饭后就到小妹的饺子摊去帮忙，一来是想看看小妹的生意咋样；二来也给小妹打打气，用妻的话说，把城里人的精明教点给小妹；三来看能不能给小妹拉几个熟人。小妹说，哥，下两碗给你和嫂子尝尝，看看我们乡下人的手艺。

　　吃着小妹下的饺子，我和妻都说，味道还不错呀。小妹冲我们一笑，说，其实，我下的饺子和原来的老板没多少差别。我说，肯定会有差别。小妹说，差别是有，但你不可能吃出来呀。我说，不可能吧？小妹显然是有点儿急，抢着话头说，哥，你不知道，我在接过这个饺子摊后，为把原来摊主的手艺学会，已经在家里连包带吃有半个多月了。妻拿起水饺仔细看了看，说，咳，单就这水饺的外形，还真是那么回事儿。小妹叹了叹气，说，可惜没有人来吃。

　　过了几天，小妹的生意突然好起来了。

　　我当然为小妹感到高兴。

　　生意好了，小妹的胆也大了。再次来到小妹的水饺摊前，我老远就看到小妹在吆喝，吃水饺，刚包的新鲜水饺，吃了再付钱，不好吃不收钱。

　　嘿，听这声音，小妹还真的就像个生意人了。

　　几个月后，小妹拿着几千块钱来到我们家里，很高兴地交给妻，让妻帮忙存到银行去，又另外拿出几百块钱来，说，嫂，是你瞒着哥掏钱让我接了水饺摊，在我着急生意不好的时候，也是你掏钱让朋友们去吃去凑热闹，是你给了我信心！

妻笑着直夸小妹，首先还得是你包的饺子好吃噢，钱我可不能拿。小妹硬是把钱塞在妻的口袋里，匆匆地跑了。

瞧我这木鱼脑袋，愣了半天神，才醒悟过来。每天和妻在一起，妻的招，我怎么没想出来呢？

军训记

【星期一】

今天，班主任老师的胳膊下破例没有夹着教科书和备课本，但好像精神很好，三步两步就到了教室门口。

同学们的读书声似乎显得格外洪亮。

我的同桌一边摇头晃脑地大声朗读着"知之为知之，不知为不知，是知也"，一边斜过眼来看我，又轻声哼起了"今天是个好日子——"和"长大后我也成了你——"

我赶快提醒同桌："老师来了，还不快闭嘴？"

同桌立刻以书遮面，给了我一个诡秘的笑。

班主任老师拿起黑板擦在讲台上敲了几下，教室里顿时鸦雀无声。这时，同学们才发现教室门口已站着一位解放军叔叔。

班主任老师说："同学们，我来介绍一下，这位是我们学校请来的武警教官，从今天开始，由这位解放军叔叔带领大家开始一周的军训。"

这位解放军叔叔笔直地站在讲台旁，突然叭地举起右手，给我们敬了个礼。

同学们哄堂大笑。

同桌嘀咕着说："你看那位解放军叔叔，怎么傻傻的？"

我没敢吱声。

幸好班主任老师没听见。

【星期二】

铃声响了。集合。

同学们你推我我推你，全年级的同学都往操场上跑。黑压压的一片，活像一群散放的鸭子。

解放军叔叔一动不动地站在操场上。我还以为只有一位呢，每个班的前面都站着一位，笔直笔直的，就像同桌说的一样，都那么"傻"。

我们按照上体育课时体育老师给我们排的队列站好后，就听到解放军叔叔说："同学们，今天，我要和大家一起做的是列队训练，我先给大家做个示范动作。"

"立正。"

"稍息。"

"向左转。"

"向右转。"

"向后转。"

"向后转。"

……

瞧这位"傻乎乎"的解放军叔叔，说起话来声音还挺洪亮的。

立正，稍息，这两个动作动动脚就够了，同学们学得快，可转的动作还真让人觉得有点难。

班上的淘气鬼雷磊老是转错，解放军叔叔亲自去给他纠正了几次，他总是学不会。今天训练结束的时候，他又转错了。这次解放军叔叔有点儿不高兴，把他叫到前面单独跟着解放军叔叔做给同学们看，解放军叔叔很认真地在做，他却在后面边做边扮鬼脸，闹得同学们肚子都笑疼了。

解放军叔叔还以为他做得好呢。

这个雷磊也真是的，一点儿都不尊重解放军！

【星期三】

早晨，闹钟响的时候，我根本就没听见，妈妈叫了我好几遍，我连身都懒得翻一下。太累了。

但我不得不拖着双腿来到操场。

好几位同学没来，可不是他们的爸爸就是他们的妈妈来了。

我听他们的爸爸爸妈妈对班主任老师说，我家的张怡感冒了，我家的刘玳拉肚子，还有我家的明犟随他爷爷到大学去看他叔叔去了——

该不是在扯谎吧！

唉，我真是的，随便说个理由让我爸爸妈妈也来向老师说说不就行了吗？但来不及了，解放军叔叔要带我们"正步走"了。

我的腿一抬就感觉到疼，可我看到别的同学都没吭声，就只有忍忍了。我想，解放军叔叔天天这样，怎么就不感觉到疼呢？

操场旁边的树上有几只鸟在叫，我一边和着解放军叔叔"一、二、三、四"的喊声走着，一边听着树上小鸟叽叽的歌唱。

解放军叔叔居然说我们走得很好，其实我根本就没用心。不知同学们是不是和我一样？

【星期四】

听说要去拉练，又有几位同学请假了。

解放军叔叔带着我们来到离城不远的一座小山下，说今天拉练的任务就是爬山。同学们要从这边山脚穿过山顶爬到那边山脚，再返回来。

我的个天！

这山虽然不高，但荆棘密布的，怎么爬呀？

同学们都站在那儿没动。

解放军叔叔好像看到了我们害怕的样子，说："同学们别怕，苦是要吃点儿的，但要坚持，谁坚持到底谁就胜利。"

解放军叔叔还说："倘若鬼子来了，前面有这座山，我们还得扛着枪，抬着炮爬上去，上不去怎么消灭鬼子？"

同学们还是没动。

还是那个雷磊，他说："鬼子来啦，同学们，冲啊！"

他话还没说完，就带头朝山上冲去——

同学们都跟在他后面。

解放军叔叔没在那儿等我们返回，而是带头爬到了最前面，还朝同学们高喊："同学们注意互相帮助，别让任何一个同学掉队！"

拉练完了，同学们说，哎，真想不到这爬山还蛮过瘾的。

【星期五】

班主任老师和解放军叔叔都说，明天学校要进行军训比赛，看哪个班的军训成绩好。

班主任老师和解放军叔叔还说，比赛看的是整体水平，哪个人的动作出了问题，校长看到了就会给我们扣分，影响班集体的荣誉。

同学们都挺紧张的。

解放军叔叔又带着我们从头开始，练了一遍动作后，又练整体动作。走了一遍又一遍，转了一圈又一圈，喊了一遍又一遍一二三四，还绕操场走了不知有几圈，班主任老师和解放军叔叔总是不满意。

但想到明天军训就要结束了，无论如何也得坚持住。要是得个倒数多不好啊！

也不知为什么，同学们今天都没叫累，连那个淘气鬼雷磊也没再干什么淘气的事儿，好像都有使不完的干劲！

【星期六】

学校操场上拉了条大横幅，还在操场四周插了彩旗，过节一般。

让我感到吃惊的是，张怡、刘玟、明夔，还有——他们不是请假了吗？怎么今天又来了？

比赛开始了，班主任老师把张怡安排在我的后面，但做动作的时候，我只听得到解放军叔叔的口令，其他的什么也没想，也没去看张怡他们怎么做动作。

比赛结果让我们感到很兴奋，我们班夺得了第一名。

班主任老师和解放军叔叔紧紧地握着手，也很兴奋。

可我总在想着一个故事：一个饿汉几天未吃饭，好心人给了他五个烧饼，他狼吞虎咽地吃着，吃了四个都没吃饱，直到第五个吃完了，他才后悔地拍拍肚子，说："唉，要是早知道吃了这个才吃饱，前头几个留着下次再吃该多好啊！"

【星期日】

班主任老师让我们写一篇关于军训的作文，我感觉很累，一觉睡到了第二天早晨，一看闹钟，来不及了，赶快背上书包，朝学校跑去——

黄玫瑰

天下起雨的时候，那朵黄玫瑰依然笑脸傲立。可晚霞的心情就如这飘洒的雨，纷纷的，暗淡的，怎么也没有傲然的笑。

阳光就看着晚霞说："你看这玫瑰，都黄了，还很精神？"

晚霞摸了一把玫瑰，就好像摸了一下自己的脸："你这人，这就是一朵黄玫瑰，又不是凋零的树叶，本来就很精神，黄是她的颜色！"

阳光和晚霞生活在同一个城市，在市里举办的一次文学作品大赛上，阳光写了一篇散文《黄玫瑰》，晚霞写了一首诗也叫《黄玫瑰》，都获奖了。在颁奖典礼上，他们感到很惊讶，惊讶他们同一个名字的文章都获了奖。而且在颁奖典礼的时候，他们都在胸前插了一枝黄玫瑰。

"你的黄玫瑰真美！"

"你的黄玫瑰也很美呀！"

于是，他们似乎有了一种似曾相识的感觉。文学是他们共同的理想，黄玫瑰成了他们共同的话题。

终于有一天，阳光将一朵黄玫瑰送给了晚霞，而且深情地说："送给你最爱的玫瑰！所有的花中，黄玫瑰最美，你就是我心中的黄玫瑰！"

晚霞没有拒绝阳光，更没有拒绝阳光送给她的黄玫瑰。

当阳光和晚霞步入神圣的婚姻殿堂的时候，他们沉浸于黄玫瑰的海洋。主婚人还请阳光朗诵了他的散文《黄玫瑰》，请晚霞朗诵了她的诗《黄玫瑰》。朗诵完散文的阳光捧着一簇黄玫瑰，在晚霞面前深情地鞠了一躬，说："所有花你最美！今生今世，你是我心中最美最美的花！"

晚霞流下了幸福的泪。

晚霞爱健身，就经常到附近的健身房去练瑜伽。在健身房，晚霞认识了好朋友露栖。露栖跟晚霞说自己结婚后又离了，因为有一个朋友爱上了自己的丈夫，她就主动退出了，现在还单身。晚霞经常安慰露栖说，单身没有什么不好的，天马行空，轻松自在，多好！

后来，露栖又和晚霞说起了她过去的丈夫。露栖说，自己曾经有一个很幸福很幸福的家庭，而且从结婚到分手，没有吵过一次架，没有红过一次脸，甚至都没有说过一句让对方生气的话，丈夫属于很会体贴人，很会心疼人的那种。晚霞就说，我真替你高兴，又替你惋惜，你曾经拥有一个好家庭，也曾经拥有一个好丈夫，也许好男人不一定就是好丈夫，好丈夫也不一定就是好男人。

有一天，晚霞突然看到露栖头上戴了一个发卡，金黄色，玫瑰花瓣的，虽然不起眼，但晚霞这次的感觉既有一种说不出的亲切，也有一种难以启齿的压抑。就对露栖说，你头上的发卡，真是太美了。露栖什么也不说，只是脸上露出微微的笑。

晚霞情不自禁地和露栖讲了自己的丈夫和黄玫瑰的故事，露栖听着听着脸色沉重起来，一言不发。末了，露栖很平静地说，你的故事太动人了，让我心生愧疚，咱们走吧！

当她们走出健身房的时候，晚霞依稀看到了一个熟悉得不能再熟悉的身影，而且这个身影慢慢在她面前清晰起来，直到她看到了一簇熟悉得不能再熟悉的黄玫瑰被捧到了露栖面前。

而露栖却什么都没看见似的，径直走了过去，头也没回。

男人愣在那里半天没动，手中的黄玫瑰滑落下来。

晚霞的泪直往下流。

蝴　蝶

春暖花开。蝴蝶扑展羽翼穿梭于花丛之中。伴随着母亲痛苦的呻吟，又伴随着母亲舒畅的喘息。母亲看着花一样美丽的蝴蝶，露出了幸福的微笑。

父亲赶来抱起她的时候，母亲说，是女孩，就叫蝴蝶吧。

十八年过去了，亭亭玉立、窈窕颀长、眉目清秀的蝴蝶真的就像花一样美丽，连走路的样子也像一只蹁跹起舞的蝴蝶。蝴蝶的美丽深深地烙在同桌伟的脑子里。

就连同学们公认是老实巴交一类的伟也抵挡不住诱惑。上课的时候，伟情不自禁地将书本打开后立在桌面上半摭住脸，眼睛盯着蝴蝶那丰腴而又高耸的胸脯，好久好久，目不转睛。

当蝴蝶的目光和伟的目光相撞的刹那间，蝴蝶的脸唰地红了。

伟就怔怔地又盯着她鲜红的脸蛋，很冷峻，很执着，很茫然，也很贪婪。

蝴蝶再也掩饰不住内心的羞涩，"臭流氓，啪——"一记耳光砸在了伟的脸上。

伟抬起头，无数双喷火的眼神又让他的头耷拉下去。

下课铃响了。伟紧跟蝴蝶从教室里出来，想追上说点什么，可蝴蝶头也没回，飞似的走了。

伟呆呆的，就感觉脑袋胀得难受。刚到校门口，他突然歇斯底里地大喊起来："蝴蝶，蝴蝶——"

伟的喊声由大到小，由短到长，由哭到笑，由笑到哭，直到声嘶力竭，最后倒在地上，嘴里仍不停地念叨着："蝴蝶，蝴蝶——"

伟被父亲领回去退了学。

蝴蝶就好像被蚊子叮了一口一样，没在意什么。

蝴蝶毕业后没能如愿以偿地到大学去深造。恰逢剧团到学校招演员，团长看中了她的美丽，就让她到了剧团。蝴蝶还算有点表演的天赋，很快就得到了团长的器重，于是，团长便专门组织人员为她策划、排练了一个名字叫作《她在丛中笑》的节目。这个节目反映了大自然中一只美丽的蝴蝶从生到死的过程，场面热烈，又不失高雅。蝴蝶变换着五颜六色的服装，一会儿翩翩起舞，一会儿轻歌曼舞，一会儿热情奔放，一会儿小鸟依人。蝴蝶舒展的舞姿，灿烂的笑容总会赢得阵阵掌声。

但不到一年光景，蝴蝶的舞渐渐没有了往日的荣光，蝴蝶的笑也就慢慢失去了往日的灿烂。为了吸引观众，剧团团长要求在节目中增加剥衣削翼、脱胎换骨的情节，让蝴蝶把身上的羽翼一层一层地脱掉。

蝴蝶说，不脱。

团长说，这是剧情的需要。

蝴蝶无语。

节目《她在丛中笑》又火了，蝴蝶陶醉于热烈的掌声中。

俗话说，人无千日好，花无百日红。慢慢地，蝴蝶的舞又少了那份热烈的掌声，可蝴蝶已经不能满足仅仅有热烈的掌声了。

她说，团长，给我加一倍的工资，我脱成"比基尼"。

此时，团长已猜透了蝴蝶的心思。团长就笑嘻嘻地答应给蝴蝶加一倍的工资。

蝴蝶的名气大了。

马戏团的老板出了一笔钱，将蝴蝶挖了过去。

马戏团老板说，全脱，按门票收入五五开。

蝴蝶没点头，也没摇头。

演艺厅里的声浪一阵高过一阵。当蝴蝶扭捏着准备把最后的一点羞涩都袒露于众的时候，全场沸腾了。口哨声，尖叫声，狂喊声此起彼伏。

蝴蝶忘我地陶醉。

这时，一位小伙子走到前台，嘿嘿嘿地傻笑了几声，"啪——"一记响亮的耳光重重地砸在了蝴蝶脸上。

蝴蝶蒙了。

"伟——伟，我的呆儿子，呆儿子——"

"爸，她是一只毒——毒蝴蝶，丑——丑蝴蝶，没——事了，走，回去！"

蝴蝶看着那个熟悉的身影，眼睛潮湿了，发疯似的抓起衣服，犹如一只惊飞的蝴蝶。

手　指

　　比利是一位年轻有为的钢琴家，每年他都要应南威尔士州海洋歌剧院的邀请，到这里来演出。在去年的音乐会上，他遇上了年轻美貌的女歌手伊丽莎。两人一见钟情，很快就坠入了爱河。但两人在高高兴兴地度过了一段幸福的时光之后，因为有各自的演出任务，就很少见面了，只是通过电话、网络联系。

　　今年，比利照样接到了海洋歌剧院的邀请，到这里来参加一次规模盛大的演出。在演出现场，伊丽莎作为观众，为比利能够获得热烈的掌声而兴奋不已。演出一结束，她就抑制不住内心的喜悦，直奔舞台和比利热情拥吻。热吻的情侣再次获得了观众热烈的掌声。比利就携着伊丽莎的手给观众鞠躬致谢。

　　可回到宾馆，伊丽莎哭了。她向比利讲述了自己成为一名歌手的辛酸经历。她出生在南威尔士州的一个贫困家庭，父亲很早就去世了，靠着母亲一个人支撑着她们六姐妹的生活。作为六姐妹中年龄最大的一个，为了生活，母亲让她到当地的一家歌厅去当陪侍，那年她才十五岁。开始是端盘子送酒水点心之类的，后来就学着唱唱歌、弹弹琴，可唱歌经常因为调子不准而被客人讥笑数落，弹琴只是在没有演出的时候偷偷地玩玩还生怕被老板发现。一次，她碰到了一位客人，在唱完歌之后，客人将她从歌厅带了出来，给她租了房子，每月给她的钱比她在歌厅里挣的要多很多，但条件是只许给他一个人唱歌，给他一个人弹琴，而且还要按他的要求唱，按他的要求弹，唱得不好得反复地唱，弹不好要反复地弹。就这样伊丽莎在不断的唱歌和弹琴中，练就了扎实的功底。后来，伊丽莎才知道这个客人是一个演出公司的老板。在这样不断练习大半年后，老板就让她登台演出了。第一次登台演出的她又唱又弹，赢得了观众热情的掌声，当时她在舞台上泪流满面，从此便跟着老板，成了一名流浪歌手。

伊丽莎讲完这些后，轻轻地坐到了比利的腿上，说："亲爱的，我的身世会影响你的，咱们还是分手吧！"

比利吻干她满脸的泪水，说："亲爱的，你已经是一名很好的歌手了，又能唱又能弹，你一定会变得更加出色的！"伊丽莎倒在了他的怀里。

比利不仅没有嫌弃伊丽莎，而且更深地爱上了她，于是决定留下来，好好地陪陪自己心爱的人。比利在伊丽莎的带领下游览了几乎所有南威尔士州的景点，他感到了伊丽莎的美丽，也体会到了伊丽莎的柔情，他决定只要有演出任务就一定带上伊丽莎。

傍晚，在回宾馆的路上，有一辆车拦在了他们的前面，比利刚停下车，就看见从前面车上下来几个五大三粗的家伙朝他们直奔过来，很快拉开他们的车门，将伊丽莎从车上抓了下来。这时，比利不顾一切地冲了出来，可比利哪里是他们的对手，被一拳打昏了过去。

比利醒来，感觉脑袋里一片空白，抹了抹嘴角的血，就开车返回宾馆了。在宾馆，他怎么也睡不着，躺在床上，仿佛听到了伊丽莎绝望的哭声。

第二天比利没有去演出，他想伊丽莎一定是被他的老板抓回去了，但伊丽莎又没有告诉他，她的老板到底是谁。不管怎样，他要找到伊丽莎，找到自己心爱的人。于是比利推掉了演出任务，租了套房子，住了下来。他要找到伊丽莎，带伊丽莎到世界各地去演出，让伊丽莎成为全城最有名的歌手。

比利想过报警，但又怕伊丽莎有什么不测，于是除了到演出公司打听伊丽莎以外，他什么事也不干，他希望找到伊丽莎的老板，再好好谈谈。就在比利找遍了这里的所有演出公司和所有的宾馆酒吧，感到绝望的时候，突然接到了一个电话。电话里的男人声音低沉而凝重："你是比利吗？现在你心爱的人就在我们手里，我们完全可以把你的女朋友还给你，但我们更需要你的一根手指……"

"手指？"还没等比利反应过来，对方就挂断了电话。

比利回到宾馆，伸出自己的手指，看了又看。他知道，自己的工作需要手指，自己的一切都必须依赖手指，手指可是他的命啊。比利无法相信自己没有手指将怎样生活下去，也无法下决心把自己的手指截下来。

过了几个时辰，对方再次打来了电话，一开口就问："手指截下来了吗？"

比利就说："我们谈手指以外的事好吗？比如钱？"

"少废话，我们需要的就是你的手指！"对方态度很坚决，"三个时辰之内，你必须把右手中指截断，然后把手指放到我们指定的地方！"

比利听着电话里嘟嘟的声音，感到很无助。他想自己怎么能平白无故地就截断自己的手指呢？是谁在要自己截断手指呢？是自己的同行还是伊丽莎说的那个老板？他反复地想，自己在事业上的成功并没有以牺牲任何人的利益为代价呀？在职场也没和任何人有过节呀？他问了自己一万个为什么也没找出一个恰当的理由。

可自己心爱的伊丽莎就在对方手里，自己怎么能让心爱的人受如此大的牵连呢？但比利确实下不了截断手指的决心。

过了约莫两个时辰，对方又打电话过来了："手指截断了没有？"

"断……"比利很犹豫。

"好。一个时辰后，请将断指送到海洋歌剧院演出现场。"还未等比利说完，对方就告诉他地点后挂断了电话。

比利按时来到海洋歌剧院门口，手里拿着用白布包好的手指。这时，一辆豪华轿车停在了他身边。车窗玻璃降下来后，一个大汉向他伸出手来接过手指，然后让他伸出右手看了看，说："到演出现场去，你心爱的人在那里……"

比利转身飞快地跑到了演出现场。

在演出现场，比利看到了台上正在演出的伊丽莎，但让他感到吃惊的是，伊丽莎不是在唱歌，而是在聚精会神地弹着钢琴。

这时，比利感到脑海里一片空白。于是，他停下脚步，在身旁的一个空位上坐下来。

演出结束的时候，伊丽莎高举双手，向观众致谢。这时比利起身向台上冲去，抱着伊丽莎狂吻："亲爱的，你没事吧？"

正当观众热烈鼓掌的时候，两名警察走上台来，将一双冰冷的手铐铐在了伊丽莎手上。警察向观众宣布："伊丽莎为了达到自己当本市第一钢琴手的目的，已勾结黑手党以不同方式威吓多名钢琴手断指，比利就是其中之一，但两年前比利就在这里被迫截断过自己的手指一回了！"

这时，比利将自己的手高高举起，然后将那个假指头摘下来，向台上的钢琴走去……

青涩到老

　　三十年前，烟花和孤帆是村里的两名高中生。烟花是村支部书记的女儿，模样俊俏，而且性格活泼。孤帆是穷家孩子，个头小，黑黑瘦瘦的，性格内向。那个时候，两人上学虽然在一个学校一个班，但同来同往都得注意形象。上学时，两人只有离开了村头才走到一起边说话边上学，放月假的时候，一旦走到村头，两人便拉开距离，各自回家。两年的高中生活，两人同来同往，谈理想，谈人生，谈未来，充满着激情与豪迈，也留下了青涩的回忆。

　　高考结束后，烟花上榜了，可孤帆落榜了。

　　烟花在大学完成了学业，又读了硕士研究生，后留校任教。在经过一次闪婚之后，烟花没有再婚，独自一人生活。她把自己所有的积蓄用来资助家乡考上大学的贫困学生。她把每一名资助的学生都当作自己的孩子，成了受人尊敬的"爱心妈妈"。烟花还把自己年轻的往事写成了一本书，书名叫作《青涩的记忆》，作为资助纪念品送给每一名大学生，让他们从年轻时起就树立正确的理想、健康的心理和良好的品格。

　　孤帆高中毕业后没有选择复读，而是在家务农。他边务农边学起了泥瓦匠手艺，除了把田种好外，他就在村里村外帮人砌墙盖房子，几年时间便成了远近闻名的大师傅。后来，他到城里打工，管工，包工，直到亲自承接工程，当起了工程老板，再后来，他成立了房地产公司，当上了董事长。当上董事长的孤帆办了所孤儿院，专门收养那些流浪儿。孤帆没有结婚，从一个人打拼到带领一个团队创业，他始终是单枪匹马闯天下。当媒体挖掘他背后故事的时候，孤帆不回避那段青涩的记忆，但谁也没挖掘出他青涩记忆的细节。

　　冬天的阳光格外温暖。烟花接到了学生小帆打来的电话，小帆已经毕业十好几年了，自从她送一个又一个的学生走出校门，多数学生不是逢年过节来看她，就是给她发短信打电话，可学生小帆的名字她还记得，就是从未联系过。这次突然打来电话，她心里感到既温暖，又有点不知所措。小帆在电话里说，老师，我想让您度过难忘的一天！

　　烟花被学生们簇拥着走进宴会大厅，就看到了"爱心助学答谢晚宴"的大型横幅。

　　小帆从宴会大厅的主席台上走下来，亲切地叫了一声老师，然后牵着烟花的手，将老师直接接到了台上。小帆说："烟花老师，是您在我们最艰难的时候给了我们帮助，是您把最无私的爱给了我们，您是我们的老师，更是我们的母亲！"小帆接着说："我是孤儿，从小就没有母亲，是老师给了我母爱，给了我目标和毅力。不过，我还有一位伟大的父亲，他今天也作为我们的特邀嘉宾来到了答谢会现场，有请——"

　　一个瘦小的半老头儿缓缓地走上了宴会主席台。"小帆从小就是个不错的孩子，后来是个不错的学生，现在是我们房地产公司非常优秀的总经理。小帆作为我抚养的第一批孤儿中的杰出代表，能够有今天，我为小帆感到自豪，同时，我也为这本书感到自豪！"

　　孤帆在说完这段话后，深情地从怀里拿出一本书——《青涩的记忆》。

　　烟花看到书，又仔细地审视了孤帆，才如梦方醒："你，你就是孤帆——"

　　小帆上前跪在了烟花和孤帆前面："老师母亲，您《青涩的记忆》是我送给老板父亲的，因为老板父亲常和我们孤儿院的孩子们讲和您书上一样的故事，后来我才明白，这本书记录了你们共同的志趣、理想和青涩的回忆。今天，我和同学们就想让你们放下包袱，再次用真挚的爱来为《青涩的记忆》作一个最好的诠释——愿老师母亲和老板父亲青涩到老！"

伴随着甜美的婚礼进行曲，宴会厅全体起立，掌声和着节律响起来——

品高皆自伦常起

——忆潇湘逸士

我家里珍藏着一副梅花镶边，红底金字的"中堂"条幅，左联是"一身正气扫邪气"，右联是"两袖清风树新风"，中间是八句七言诗。这是潇湘逸士创作装裱后赠给我的。人生征程上，它是对我永不停歇的鼓励。

潇湘逸士，京山县石龙镇蒲圻村人，原籍湖南，早年被抓壮丁参加国民党军队，在战争中负过伤，后来出于对国民党消极抗日的愤懑，遂痛离火线，隐居至此。

我知道潇湘逸士时，他已是耄耋之年。我大学毕业参加工作后不久便下派锻炼，晚上闲暇无事，隔壁小伙子练习的那本字字遒劲有力、入木三分、轮廓分明的手书毛笔字帖吸引着我，时而拿来临摹，也想借此改变一下我那东倒西歪、神仙难识的"鸡抓字"。

有小伙子的搭线，我看到了潇湘逸士在报刊上登载的书法作品，并将所练之字请他指教。于是，他的贴，我的字，由小伙子往来传递。

初练习字，信笔而书，信马由缰，全无认真与耐心。潇湘逸士带来两帖："读书真事业，磨墨静功夫""文成蕉叶书犹绿，吟到梅花字亦香"。反复练着这帖，我天生狂放、急躁的性格开始慢慢沉稳而宁静。

时间如梭，收效甚微。我觉无此天赋，亦有退弃之心。潇湘逸士似有所察觉，又来几帖："学海无边勤是岸，前程有阻志为梯""过如新竹芟难尽，学如春潮涨不高""循序以渐进，熟读而精思"。练帖而思，我逐渐懂得了刻苦勤奋、持之以恒、坚忍不拔的丰富蕴含。

此后，"举杯邀明月，嚼雪和梅花""风声度竹有琴韵，风影写梅无墨痕""度是春风常长物，心如秋水不沾尘""虚心效竹节，人品如兰馨"……

一帖帖劝学联、清言联、修身联、集句联，频繁传递，我们成了不曾谋面的忘年交。

品味着他的墨迹，描摹着他的作品，欣赏着他的文章，我更深地体味到了他诲人不倦的精神情操，刚直不阿的人格品质，乐善好施的良好美德。我为之震撼，真诚敬仰。

可我没有想到，我们的第一次见面，竟成永别。我结束下派锻炼的那天，他老人家拄着拐杖来了，个子不高，十分清癯，但精神矍铄。他来送行，我感激之情无以言表。他看着我，夸着我的进步，拿出了专门为我而作的那幅"中堂"条幅，逐字念着，耐心地讲着。我感到万分愧疚，这可是他对我们年轻人的殷切期望啊！

在我回城后不久，潇湘逸士去世了。我不知消息，没去送别，后闻此悲讯，我情难自禁，痛哭不止。

转眼快十年过去了，潇湘逸士那高尚的品格在我的心目中像一盏永不熄灭的明灯，照我学习工作，教我为人处世，而且将伴我今生今世。

静坐月明中，孤吟破清冷，隔溪老鹤来，踏醉梅花影。潇湘逸士，让我无法平静，终身不忘的恩师！

（载于 2000 年 8 月 26 日《京山报·周末版》）

前面是一堵高大的墙（创作谈）

俗话说，不撞南墙不回头。十多年前，当我倾慕那些把文字把玩得得心应手的人时，我就感觉前面有一堵不可逾越的墙。我抛弃所有的羞耻之心，拿起柔弱的笔，用勤奋、毅力、甚至生命去撞击那堵不可逾越的墙。我感觉从笔下缓缓流出的不是墨，而是血。

在机关办公室工作，过度的"失血"让我感到了脑力的透支，我就觉得与文字结缘是一种悲剧。于是，当我离开办公室岗位时，我发誓，在我剩下的人生当中，决不让这种悲剧重演。

直到二〇〇〇年盛夏，当我那支闲置了三年之久几乎锈死的笔激活了我冰冷的躯体，戳开了我冰封的思维，融化了我冰冻的灵魂时，我怎么也不曾想到我又回到了那堵不可逾越的墙前，而且这堵墙随着我创作灵感的不断显现而显得愈加高大，日益坚牢。

第一次闲逛书店时，偶然碰到了小小说，第一次读到小小说，就像吸到了一股新鲜空气，完全没有"八股文"的气息，顿感盎然趣味。娇小玲珑的篇幅，跌宕起伏的情节，回味悠长的悬念，精辟干练的语言……让我激动，让我迷恋，让我"芳心"大动。

我不是一个聪明之人，但我是一个热爱生活的人。当一物一景、一人一

257

事、一草一木、一思一念涌上心头，如日历一页一页从脑海里翻过的时候，心情就从萌动到感动、到激动、到冲动又情不自禁地从笔下流泻出来，成了我笔下并不精彩却很直白的文字。这些文字并不完全具有小小说的模样，多数只是一种生活的记录罢了。

爱上小小说，才开始读王蒙、冯骥才，才开始读欧·亨利、契诃夫，才开始读孙方友、凌鼎年；爱上小小说，才知道它是一把锋利的短剑，一钵精致的盆景，一块足赤的黄金；爱上小小说，才懂得它的思想根基、艺术价值、文化意蕴；爱上小小说，才明了它聚核的艺术、留白的艺术、设悬的艺术……小小说，溯古而来，与时俱进，是让人穷之无尽的精神快餐！

其实，我于小小说，不触皮毛，不入肌理，充其量业余爱好而已。《百花园》总编辑杨晓敏先生说："小小说是平民的艺术。"我作为一介平民，下基层，到农村，驻工厂，坐机关，这些并不算丰富的工作经历和生活体验既是我努力写作的源泉，也是我记录生活的责任。尽管有些文字相继登上报刊，但我仍觉小小说是我面前一堵不可逾越的墙。

俗话还说，墙倒众人推。作为一名小小说爱好者，我希望我县的小小说作者多起来，火起来，共同努力，倒墙现通途！

（载于 2003 年《京山文学》第四期）

后　记

2011年，在文学创作上搁笔几年后，整理了一下过去的文字，想弄个集子出来，也算是个纪念。于是，我将打印出来的书稿置于枕下，每天晚上睡觉前读上一两篇，一则看有没有修改的余地，再则看有没有错别字之类的，但越看越让我感觉到这些文字的浅薄无力。

犹豫之际，职务的变化恰给了我一个先将其束之高阁的充分理由。于是，我发誓，在我没有退职之前，决不让它面世。随之，这份书稿便从枕边移到了书柜的抽屉。

五年啊，经历多少尘事浮华；五年啊，奈何多少无聊寂寞；五年啊，又泯灭多少激情与阳光。

我做了许多许多的梦：我梦见自己端坐金銮宝殿，享受着满汉全席，可龙颜一怒，众臣额汗欲滴，想起身而退，却拔腿不能；我梦见自己在茫茫大漠上奔跑，去追逐天边坠落的晚霞，清晰地感受到被砾石刺破的双脚在戈壁滩上刻印着血迹，又模糊地被甩在身后；我梦见自己过年回到了老家，在老屋摆了宴席，亲朋好友，觥筹交错，酣畅淋漓，醉迷之间，一个趔趄滑向陡壁峭涯……梦醒的时候，总是浑身是汗，一脑子虚无，掺杂恐惧、后怕和拼命的回忆，然后就是长长的叹息。

遗憾的是，我没有梦见与抽屉里的书稿有半点关系的东西。但五年里，有几件事始终在脑海萦绕：

县作协换届，我不再担任副主席，因为好多年没出作品了，曾经的资本已被我在不同场合花得精光，占着这个位置，一来有尸位素餐之嫌，二来有不利发展之虑，让更有激情抑或更有成就的人去做，换届需要，我亦心安。

李元卿老师主编了《岁月》，书中收录了我的不同风格不同侧面的五篇小小说，我没作自我推荐，完全是李元卿老师在我博客上选的，其中有登上了省级以上文学期刊的，有发表在市级党报副刊的，也有在《京山文学》上刊载的，而且还把我评了个先进，既要感谢，又感觉很歉疚。

县委宣传部举办了一次网络文学作品大赛，我写了《鸟空》，这篇我五年多来创作的唯一一篇散文式小小说获得了征文二等奖，当潘萍老师把结果告知我的时候，感觉很惊喜。我把所有获奖作品全部读了一遍，感觉获个奖还说得过去，但获二等奖确实有点褒扬。后来，这篇文章被收入《文学荆门2014》。在这个集子定稿时，我也让它荣登榜首。

又是一年岁尾，当我搜肠刮肚想找出点什么的时候，得到的只有长长的叹息，就像那些让人惊魂不定的梦一样。追溯着长长的叹息，我又检索到了萦绕在我脑海的那几件微不足道的事情，这才是我能够搜到的现实，有些许欣慰。

于是，我拿出躺在书柜的书稿，放在枕边，想每天再读几篇，找出当年感觉这些文字绵薄无力的究竟，看能不能延续更多的欣慰，但我越读感觉越空白，有些连标题和内容在脑海里都没有了多少痕迹。

一枕逾五年。如果再搁五年，我恐怕连书稿上面有什么也全然不知。

再丑的媳妇也要见公婆。我再也不想发个什么誓，只想把这本藏在闺中五年的"丑媳妇"请出来，见见文学界的各位"公婆"，权当增加一下对文字的记忆，也增加一下各位文友对我的记忆。

由于水平所限，错误之处，恳请批评指正！

2016 年 12 月 18 日